CRISTINA GARCÍA

Cristina García ha escrito ocho novelas, entre ellas *Soñar en cubano*, *Las caras de la suerte* y *Las hermanas Agüero*. También ha publicado varios libros de literatura juvenil, una colección de poesía y dos antologías Latinx. La obra de García ha sido nominada para el National Book Award y ha sido traducida a quince idiomas. Además, pertenece al programa de residencias del Central Works Theatre en Berkeley, California, y ha enseñado en universidades de todo el país.

MAPAS DIFUSOS

MAPAS DIFUSOS

Cristina García

Traducción de Yeni Rodríguez

VINTAGE ESPAÑOL

Penguin
Random House
Grupo Editorial

Originalmente publicado en inglés bajo el título *Vanishing Maps*
por Alfred A. Knopf, una división de Penguin Random House LLC, Nueva York, en 2023.

Primera edición: julio de 2023

Copyright © 2023, Cristina Carcía
Todos los derechos reservados.

Publicado por Vintage Español, una división
de Penguin Random House Grupo Editorial USA, LLC
8950 SW 74th Court, Suite 2010
Miami, FL 33156

Traducción: Yeni Rodríguez

Impreso en Colombia / *Printed in Colombia*

Información de catalogación de publicaciones disponible
en la Biblioteca del Congreso de los Estados Unidos

ISBN: 978-1-64473-847-4

23 24 25 26 27   10 9 8 7 6 5 4 3 2 1

Para Gary, querido.

Ninguna frontera dura para siempre.

—GÜNTER GRASS

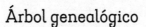

Árbol genealógico

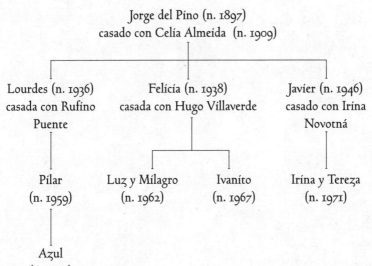

Jorge del Pino (n. 1897)
casado con Celia Almeida (n. 1909)

Lourdes (n. 1936)
casada con Rufino
Puente

Felicia (n. 1938)
casada con Hugo Villaverde

Javier (n. 1946)
casado con Irina
Novotná

Pilar
(n. 1959)

Luz y Milagro
(n. 1962)

Ivanito
(n. 1967)

Irina y Tereza
(n. 1971)

Azul
(n. 1993)

(1999-2000)

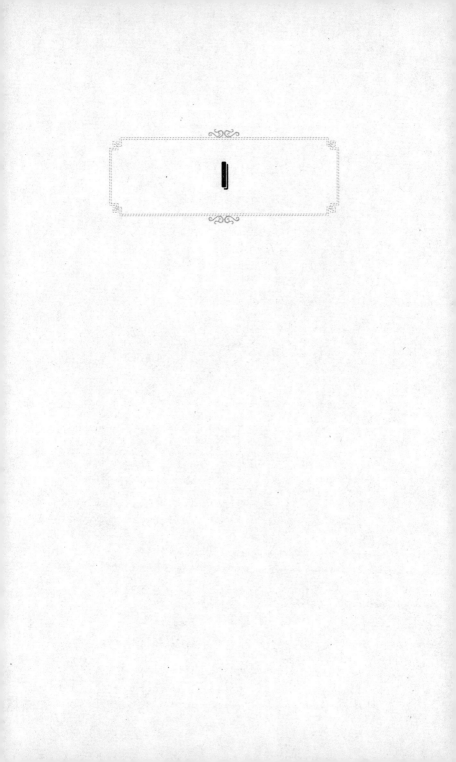

Ivanito Villaverde

Berlín

Ya era pasada la medianoche y el público reclamaba la aparición de su diva. En Chez Schatzi, todos bailaban con quien quisieran. Esa noche había otra fiesta de "revelación", un desfile flagrante de secretos. Bebidos y drogados, moviéndose al unísono, la vida era más atractiva. Por eso y más, la última Noche Vieja, cuando La Ivanita arrastró por el escenario un grillete incrustado con piedras preciosas, desató tal revuelta de gozo que se convirtió en la adoración de todo el Berlín nocturno.

Tras bambalinas, La Ivanita dio los toques finales a su maquillaje: delineado de ojos grueso, polvo iluminador, una pasadita de brillo rosa en los labios. Se ajustó la peluca y alisó los pliegues satinados de su vestido de época, sin tirantes. Los últimos cuatro meses había estado ensayando con una lista de reproducción los boleros más seductores de Olga Guillot: "Miénteme", "Te amaré toda la vida", "Total"... hasta que su sincronización labial fue impecable. Guillot, quien había cautivado a Cuba en los años cincuenta, era su última musa, una diva mitad judía, una genio de la gestualidad y el melodrama. Su voz salía ahora del tocadiscos, situado junto a un cuenco de cristal lleno de mandarinas.

La Ivanita se admiró en el espejo de cuerpo entero y marco dorado que había encontrado en el mercado de pulgas. Aunque el vendedor había hecho alarde de su linaje, ella regateó hasta bajarlo a veinte marcos. En la pared detrás de ella colgaba una reproducción de "Metrópolis", el tríptico de Otto Dix, cuyo panel central se reflejaba espeluznante en el espejo. Entonces colocó tres caramelos y una copita de aguardiente en su pequeño altar de santería, que centelleaba por las velas votivas.

Un movimiento relámpago por encima del hombro desvió su atención. La Ivanita se volteó tan rápido que sus vértebras crujieron, y escudriñó entre la maraña de trajes brillantes donde ocasionalmente se escondían sus fans. Aspiraba a encontrar allí al bailarín ruso, con quien había disfrutado de una fugaz aventura años atrás, ¡tremendo hombre! ¡Ay! ¡Le dolían los testículos con solo pensar en él!

Cuando volvió a mirar al espejo, una pequeña turbulencia del tamaño del dedo pulgar, cual partícula de nube de tormenta, giraba en la esquina superior izquierda. El nubarrón en miniatura creció de forma tridimensional, lanzando diminutos relámpagos; entonces flotó directo hacia su línea de visión, como si retara a La Ivanita a desafiar su existencia. Del torbellido emergió su madre o, mejor dicho, su fantasma; abultada, soñolienta y envuelta en lo que parecía un paracaídas de la Segunda Guerra Mundial con hilo rojo deshilachado en los bordes.

La Ivanita quedó atónita. Intentó hablar, pero su garganta se cerró mientras su cuerpo temblaba. ¿Estaba alucinando?

Su madre se movió poco a poco, dándose la vuelta para mostrar el disfraz. La Ivanita no sabía dónde poner la mirada en tanto los colores se mezclaban y giraban. Ella abrió la boca y emitió un sonido rasposo, como si intentara desgarrar la membrana fibrosa que separaba a los vivos de los muertos. "La imaginación, como la memoria, puede transformar la mentira en verdad", solía decir. ¿Era eso lo que estaba pasando? ¿Un osado reordenamiento de la realidad?

Antes de que La Ivanita pudiera pronunciar una palabra, su madre desapareció por el mismo nudo del universo del cual había surgido. Solo el perfume espectral de las gardenias delataba que había ocurrido algo inusual.

Las primeras notas de "Miénteme", de Guillot, resonaron en el teatro. La Ivanita estaba nerviosa, pero había trabajado muy duro como para cancelar el show. Corrió la cortina de cuero de su vestidor y avanzó hacia el proscenio con sus tacones de lentejuelas. El reflector transformó su deslumbrante vestido blanco en un azul aún más deslumbrante. El piano guardó silencio, respetuoso. Los camareros se quedaron inmóviles; las bandejas de plata, suspendidas; los cócteles extravagantes, paralizados en el aire. La Ivanita levantó los brazos y recibió con satisfacción el rugido de adoración de sus fans.

Sí, esa era su capilla privada.

> *Voy viviendo ya de tus mentiras*
> *sé que tu cariño no es sincero.*
> *Sé que mientes al besar*
> *y mientes al decir te quiero...*

LA HABANA

Celia del Pino

La Habana

Celia del Pino se despertó en la cama fría con una sed feroz. Las persianas estaban entreabiertas y los últimos rayos de luna entraban a la habitación. Si se esforzaba, podía escuchar la pluma de la enfermera del último turno arañar el papel, los gemidos de un albañil herido (se había aplastado el pulgar en un accidente laboral), un grillo solitario que le cantaba a su pareja. Las líneas de neón palpitaban en el monitor que pitaba a su lado, registrando cada una de sus respiraciones y latidos. Sentía una punzada aguda en la sangradura del codo, donde le habían ajustado con cinta el catéter intravenoso. Sus manos parecían artríticas. Alargó una hacia el vaso con agua que estaba en su mesita de noche y sin querer derramó la mitad sobre su bata de hospital.

Celia se secó con la sábana fina y luego la acomodó sobre sus rodillas. Quedaba muy poco de ella como para levantar el algodón desgastado: planos hundidos y ángulos huesudos, el doloroso montículo de su abdomen, un solo seno marchito. Su habitación, de un blanco esmaltado, le recordaba el refrigerador ruso que se había ganado una vez por su servicio ejemplar a la Revolución.

Apenas amanecía. En el techo, dos moscas volaban en círculos, lentas, como a través de la miel. La visión de Celia se volvió borrosa y luego, de forma inexplicable, telescópica. Desde su ventana vislumbró el mosaico de las azoteas de La Habana, sus antenas ilegales, las tendederas entrelazadas en los balcones deteriorados. Una viejita jugaba al solitario en la mesa de su cocina; a sus pies había una maceta de barro con lirios. El mar no era visible, pero Celia lo olía tanto como podía oler su propia carne fermentándose.

Una mano suave que se posó sobre su frente interrumpió su ensoñación. Era Reinaldo, el amable enfermero matutino, que había ido a tomarle la temperatura. Celia seguía con fiebre alta y su infección intestinal no cedía pese al bombardeo de antibióticos. Sus divertículos permanecían peligrosamente inflamados. Uno de ellos se había roto, dijeron los médicos, derramando parte del contenido del colon en la cavidad abdominal. La sepsis estaba instalada, de modo que durante los últimos cinco días Celia había estado coqueteando con la muerte, semiinconsciente, mareada por las drogas y las caras desconocidas.

Reinaldo le dio una docena de pastillas y un vaso de jugo de naranja aguado para que las bajara.

—Sabes que ni siquiera puedo tragar una aspirina —dijo Celia, jadeante.

—Vamos, solo una a la vez. Tengo un premio para ti cuando termines.

Celia confiaba en ese enfermero. Era un buen hijo de la Revolución, nunca hablaba de abandonar la isla ni de vivir como "Rey de los gusanos" en Miami. Celia se tragó la primera pastilla sin problemas; se atragantó con la segunda y la tercera. Reinaldo rellenó su vaso hasta la mitad. Fue solo gracias al dulzor del jugo de naranja que pudo terminar. El enfermero la premió con una hoja y un bolígrafo.

—Para que le escribas a ese amante tuyo —bromeó—. ¡Nunca se es demasiado viejo para el romance!

—Tonterías. —Celia estaba agradecida, pero trató de no demostrarlo—. ¿Y qué hay del tabaco que me prometiste?

Celia había vuelto a fumar tras la renuncia de El Líder, hacía catorce años. Había querido continuar el placer por él, una forma de decir "me arriesgaré por ti, guapo, no te preocupes".

—Eso va a estar difícil.

Reinaldo se río y metió una astillita de jabón con olor a gardenia en el bolso maltratado de Celia.

—Gracias, niño. Debes estar convencido de que voy a lograr salir de aquí con vida.

—Vivita y coleando —dijo cantando el enfermero mientras salía por la puerta—. ¡Acaba de escribirle! ¡No estarás pataleando por siempre!

Habían pasado semanas desde que llegó la primera carta de Gustavo, después de un inexplicable viaje de meses desde España, dañada y llena de sellos, seis hojas tipo papel de cebolla del correo aéreo, translúcidas como la piel de Celia. Otra había llegado justo el día anterior. Herminia se la había llevado al hospital junto con una tanda de sus frituras de malanga.

—Ahora, no empieces a planear tu funeral todavía —bromeó la vecina, dándole la carta del español—. Dale, léela. ¡Mejor amar tarde que nunca!

Hasta la sensata Herminia había quedado atrapada en el delirio del despertar romántico. ¿No había aprendido nada de la vida? ¿Por qué, al contrario, no le molestaba que Gustavo se hubiese atrevido a molestar a Celia después de una eternidad de silencio? ¡Qué soberbia la de ese hombre de esperar que triunfaran sus propuestas, según su conveniencia! Como si su inoportuna pasión pudiese revivir el amor de Celia.

¡Gustavo merecía su desdén en cantidades humeantes! Celia había estado mucho más en paz cuando daba por muerto a su examante. Con el paso de los años, se había refugiado en la amnesia y en una reducida letanía de pesares. ¿Ahora de qué le servían las palabras de Gustavo? Si él nunca dejó de amarla, como profesaba, ¿por qué había escogido pasar su vida sin ella? ¡El descaro de citar a García Lorca, sabiendo exactamente qué versos derretirían su corazón!

En contra de su propio juicio, Celia evocó los recuerdos de Gustavo, congelados en el tiempo, sus cuatro intensas noches en el Hotel Inglaterra. Bueno, no se podía negar su belleza, su atractivo. Ella podía detenerse en el inventario detallado de sus dones, pero eran sus labios lo que mejor recordaba. Cómo solían buscar la suavidad y el placer que había ocultado, incluso de sí misma.

Me quemé en tu cuerpo / sin saber de quién era...

Verdad que Gustavo no le había prometido nada, pero sus carnes habían hecho sus propias promesas. ¿No contaba eso para algo? Así que Celia alisó la hoja de papel sobre su bandeja de comida, le quitó la tapa al bolígrafo y comenzó a escribir:

> *Querido Gustavo:*
> *Ha pasado una eternidad desde que te envié mi primera y única carta.*
> *¿Alguna vez la recibiste? Todavía me la sé de memoria.*
> *Un pez nada en mi pulmón. Sin ti, ¿qué hay para celebrar?*

Un gastroenterólogo cadavérico se deslizó en la habitación con una banda de estudiantes de medicina. ¡Qué jóvenes se veían, apenas estudiantes! Uno tenía un remolino en la cabeza. El estetoscopio de otro le quedaba grande, como si lo hubiera robado de la bolsa de un doctor de verdad. Y sus voces se alternaban entre roncas e irritantes. ¿Cómo es que podían ser médicos? El reloj de pared marcaba la hora, ruidoso: un recordatorio de que su tiempo en la tierra era limitado, de que los engañaría a todos al final. Antes de que se diesen cuenta, esos chicos serían viejos como ella y, también, morirían.

—¿Dónde está la doctora?

Celia se estremeció ante el estetoscopio frío sobre su espalda y pasó trabajo para inhalar.

—Se fue del país de repente —dijo cortante el Dr. Maldonado—. Por favor, tosa para mí.

Otra ronda de hurgar y pinchar, un ajetreo de anotaciones en las tablillas y muchos saliendo por fin de la habitación.

A medida que la economía de la isla empeoraba, hasta los médicos comenzaron a desertar. Celia había oído sobre familias enteras que se tiraban al mar en frágiles balsas, fuese o no temporada ciclónica. Muchos no sobrevivían el viaje hacia la Florida y terminaban enterrados en el mar. Celia pensó en sus cinco nietos regados por el mundo, Los Ángeles, Miami, Moscú y Berlín. Los imaginó apenas saludándola desde costas lejanas. ¿Qué sabía de alguno de ellos?

Apoyó un codo y miró la foto de El Líder en la pared del fondo. Él la estaba cuidando, como siempre. Un tabaco sobresalía entre su barba rebelde. ¡Qué viril era! Hecho y derecho. Su mirada segura, sin miedo. "Sígueme", había dicho. Era la misma fotografía oficial (claro, desactualizada) que adornaba cada cuarto de hospital en la isla, cada oficina de correos, ayuntamiento de provincia, carnicería y taller mecánico, desde los ilustres salones de El Capitolio hasta la sombría mansión del Ministerio de Cultura en el Vedado.

Celia estudió la cara de El Líder y vio a un hombre con miedo a ser ordinario.

Al triunfar la Revolución, las mujeres se lanzaban desvergonzadas sobre El Líder, le arrojaban blúmeres y pañuelos con la esperanza de detenerlo durante su larga marcha desde la Sierra Maestra hasta La Habana. Los hombres de toda la isla lo imitaban a él y a su banda de barbudos, cultivando flacuchas barbas que ocasionaron más fricciones que pasiones. Sin embargo, fue el carisma de El Líder, su fluidez al hablar en el lenguaje de la inspiración, su habilidad para convocar al pueblo, lo que mantuvo a Celia como su esclava durante más de cuarenta años.

Él era el único que no la había abandonado. Solo *él* se había mantenido inquebrantable. Solo *él* le había dado un verdadero

propósito. No como ese caprichoso Gustavo, con sus bonitas palabras vacías. Celia volvió a mirar a El Líder, temía que él pudiera
haberse dado cuenta de su traición pasajera.

—Apenas estaba coqueteando con un amor apagado —confesó en voz alta—. Seguro puedes perdonar las boberías de una vieja, ¿no?

Ahora le estaba sonriendo, masticando su Cohiba. Espera.
¿Qué estaba diciendo? Celia se echó hacia adelante, se esforzaba
por atrapar sus palabras. El humo de su tabaco era como un lazo
que le rodeaba la cintura, sinuosamente atado a sus piernas. Ella
sintió que se elevaba por encima de la cama del hospital, que flotaba hacia él, hacia su boca sensual y humeante. Celia separó los
labios para hablar, pero ninguna palabra salió. Su respiración, más
profunda, se convirtió en una nube donde ella volaba mientras el
humo azul le daba vueltas como a un lechón asado.

Notó con interés el espectáculo de su cuerpo inerte, abajo, en
la cama del hospital, sorprendentemente incompatible con su
interior vibrante. ¿Qué era esa mancha de sangre en su almohada? ¿Le había sangrado el oído de escuchar con tanta atención a
El Líder? El medio tiempo de la hechizante "Marcha fúnebre" de
Chopin se filtró en su cerebro. Celia tenía debilidad por todo lo
escrito en Si bemol menor. Recordó al pianista soviético que había tocado la Sonata para piano número 2 de Rachmaninoff en Pro
Arte Musical en 1964. Divino el tipo.

—Aguante un poco más, vieja —insistió El Líder—. Te necesitamos.

¿Acababa de detectar un tono de flirteo en su voz? ¡Ay, era imposible negarle algo a ese hombre! Si él decía que la Revolución
todavía la necesitaba, entonces así era. Si él decía que su hora aún
no había llegado, entonces, no había llegado. El Líder vivía dentro
de ella, una presencia emocionante que la empujaba. Sí, ella estaba más atada a él que cualquier esposa de toda la vida. Celia relajó

sus músculos y poco a poco volvió a acomodarse en su cuerpo. El Líder también regresó a su foto y se quedó quieto.

Dar la propia vida por amor, aunque se pierda. Celia ya lo había hecho dos veces: la primera, imprudente, por Gustavo; la segunda, permanente, por El Líder. Ya no podía negar más el final ineludible de la vida ni creer en un después de la muerte. Lo mejor que podía hacer era intentar posponer su destino un poco más. Celia no tenía la ilusión de que la muerte vendría por ella en una bicicleta sonando un timbre oxidado. No, ella sospechaba que la muerte le llegaría como un búho negro, todo alas y paciente majestuosidad, arremetiendo para matar.

Herminia Delgado

Santa Teresa del Mar

Era el primer viernes de noviembre. Como de costumbre, visitaba a Felicia en las afueras de la ciudad. Nuestro pequeño cementerio no era nada lujoso, como el cementerio de Colón, en La Habana, donde los generales más condecorados de la isla yacían codo a codo con los muertos más acaudalados. No, nuestro cementerio en Santa Teresa del Mar estaba apenas cuidado, lleno de maleza y lápidas caídas. Las matas sin podar, las arcadas sin flores, las tumbas sin coronas de flores frescas. Lo mejor que teníamos eran las calabazas gordas en la tumba de Fredi Díaz, famoso por tener buena mano con las plantas. Nadie se atrevía a robarle las calabazas porque robarle a los muertos era llamar a la muerte a tu puerta. Y nadie tenía tanta hambre, al menos, todavía.

Una niebla velaba el cementerio, tan lúgubre y gris como la maraña de sombras en la lápida de Felicia. La única iglesia del pueblo estaba cerca, pero húmeda y vacía. Hacía décadas que ningún sacerdote daba una misa dentro de esos muros. Su epitafio era modesto: FELICIA DEL PINO 1938–1980, MADRE QUERIDA, HERMANA, HIJA Y AMIGA. DESCANSA EN PAZ. Nada que capturase ni remotamente su vitalidad, su humor, su enorme generosidad por la vida. Éramos amigas desde los cinco años cuando juntábamos

conchas marinas en la playa. Más tarde, nos juramos hermandad
eterna uniendo nuestros pulgares ensangrentados.

Pasados casi veinte años de su muerte, todavía pensaba en Felicia todos los días y la visitaba cada semana. A menudo jugábamos dominó en su tumba (ella fue una contrincante feroz) o le llevaba ramos de mariposa de Pinar del Río, donde capturaba camachuelos cubanos y los vendía a contrabandistas para hacer un dinero extra. Yo misma construía las trampas y las ponía en las laderas boscosas de las montañas de Guaniguanico. De hecho, tenía cinco infelices pájaros enjaulados, esperando en el asiento trasero de mi carro.

Cuando Felicia enfermó de muerte, la cuidé mucho. La alimenté y la bañé, le contaba los últimos chismes, cuidé su sopera con piedras sagradas, pues como yo, ella era santera. Nuestros rituales eran curativos, pero al final nada pudo salvarla. La pobre, parecía más feliz muerta que viva; todos en la casa de santos lo pensaban. Los bultos de su cabeza desaparecieron, su piel se volvió como nácar y sus manos estaban regordetas como las de un bebé.

Nuestros ancianos ungieron con cuidado el cuerpo de Felicia para el entierro, y prepararon bocaditos de pescado ahumado y mazorcas de maíz para su viaje. Durante la procesión fúnebre, su viejo De Soto de 1952 se rompió. Me lo había dejado, con la pintura descascarada y la tapicería explotada por el sol, y todavía ese cacharro viejo me lleva por ahí la mayoría de las veces. Cuando su radio volvió a la vida chisporroteando, escuché las retransmisiones del programa de Wolfman Jack desde Key West. ¡Ay, la voz de Wolfman era puro guarapo! Me conmovió como cuando yo era adolescente y me enamoraba de un momento a otro.

Cada vez que visitaba a Felicia en el cementerio, también oraba por mi hijo, aunque no estuviera enterrado allí. ¿Cómo podría estarlo si su cuerpo había volado en pedazos en una sabana en Angola? Eso era todo lo que podía hacer para no abofetear a la gente que decía que mi Joaquín era un héroe de la Revolución. ¿Qué razón tenía Cuba para mandar a morir a sus hijos a una guerra a miles de kilómetros de casa? Durante años me persiguió el pensamiento del terror que debió haber tenido cuando la mina lo destrozó. ¿Habrá tenido tiempo para decir una última oración?

En la primavera, a mi hijo menor, Eusebio, lo tildaron de traidor por escapar de la isla en una balsa que él mismo había construido. Los vecinos me culparon por lo que pasó. Me rechazaron y cuestionaron mi lealtad a la Revolución. Eusebio había sido de la UJC, del equipo nacional de gimnasia y voluntario sobre todas las cosas. Sus manos tenían callos de tantas zafras. ¿Alguien se molestó en recordar algo de eso? Pero hasta los que una vez fueron devotos revolucionarios se cansaron de sacrificar sus vidas y no tener nada.

Como yo lo veía, nadie se esperaba que la Revolución cayera en desgracia. Con todo lo que se hablaba de la independencia, y nuestra isla cambió de una dependencia a otra. Creíamos que estábamos construyendo algo extraordinario, un modelo para que otras naciones en desarrollo lucharan contra el imperialismo. Créame, aprendimos la lección de la manera más dura posible. Cuando cayó la Unión Soviética, lo último que les pasó por la mente fue: ¿Qué será de Cuba?

Ahora bien, yo no era de las que alababan a la URSS todo el tiempo, pero por lo menos nos dieron algo de estabilidad e importaciones: pasta de dientes, televisores, enlatados, incluso esos Lada toscos que de milagro nuestros mecánicos mantuvieron funcionando. En chiste, a los rusos los llamábamos "bolos" (puedes imaginar la razón), al menos eran predecibles. Sin embargo, pagamos un alto precio por esa predictibilidad.

¿Yo? Estaba casi al jubilarme cuando el gobierno cerró la fábrica de baterías donde había trabajado por treinta y dos años. Sin retiro, nada. De la noche a la mañana, ochenta y seis personas se quedaron sin trabajo, incluidas dos rusas, Niurka y Ludmila, que habían llegado a Cuba en los setenta. Sus maridos, que fueron a estudiar a Rusia, les prometieron que aquí vivirían como reinas. Pero acabaron sufriendo igual que nosotros.

A veces, cuando visitaba a Felicia, ella me susurraba sus problemas desde el más allá. Su mayor preocupación era su hijo, Ivanito, que vivía lejos, en Berlín, haciendo quién sabe qué. Felicia también lamentaba los maridos que había tenido, uno peor que el otro, si me preguntaran. La verdad es que los arrepentimientos de una mujer son eternos. Pero ese primer viernes de noviembre ella estaba inusualmente tranquila. Hasta intenté atraerla con las últimas indiscreciones de nuestro cartero, Don Juan, de toda la vida. Pero nada.

—¿A dónde te has ido, Felicia? ¿Andas viajando?

No hubo respuesta.

Supuse que estaría malhumorada por alguna cosa. Felicia solía desaparecer cuando estaba melancólica o deprimida. Tenía que recordarme a mí misma que ella estaba muerta. Felicia soñaba con visitar a la Virgen de la Caridad en su catedral, en El Cobre, *antes de que se quedara sin milagros*. ¡Imagínate, como si La Virgen tuviera un número limitado de ellos!

—Mira, te traje un ramo de mariposas.

Lo sostuve en alto para que viera.

Silencio.

—¡Ay, tú sabes cómo odio hablar sola!

Yo no era de monólogos ni discursos, como tantos alardosos en la isla, empezando por *ya sabes quién*.

Más silencio.

—¡Chica, te tengo una gran noticia, pero no puedes decírle a nadie!

De pronto, un cangrejo de tierra caminó por su tumba. ¿Felicia me lo habría enviado como consuelo? Lo agarré y lo metí en mi cartera. Por suerte, le acababa de arreglar el zíper, así que no había forma de que el cangrejo se escapara. Sería una cena deliciosa.

—¡La próxima semana es tu cumpleaños! ¡Sesenta y uno! Estamos más viejas que lo viejo, ¿eh?

Me puse en cuclillas al pie de la tumba de Felicia, se me reventaban las rodillas.

—Bueno, querida, regreso la próxima semana, como siempre. Adiós por ahora.

Cuando volteaba para irme, un camachuelo cubano se posó en la lápida de Felicia. Era un macho de distintivo plumaje, las alas internas de un blanco almidonado, la inocencia en sí misma. Me miró fijo, luego levantó la cabeza y empezó a cantar a todo pulmón. Mi primer impulso fue el de atraparlo con mi pañuelo y llevármelo para la casa con los otros pájaros. Me darían un buen precio, más de lo que solía ganar. Su pico se abría y vibraba mientras cantaba, su cuerpo pequeñito rebosaba en convicción.

Parecía que quería decirme algo importante, como insistiendo: "¡Te queda poco, Herminia! ¿Qué estás haciendo con tu vida?".

BERLÍN-MOSCÚ

Ivanito Villaverde

Berlín

Pasadas varias semanas, Ivanito volvió a ver a su madre, esta vez en un espejo roto dentro de los baños gay de Nollendorfplatz. Estaba desnudo, excepto por los brazaletes con puntas, a juego con el collar de perro y las botas de cuero negro con cadenas, también con puntas de metal. Nadie lo reconocía ahí y le gustaba que así fuera. Ahí él era apenas otro chico lindo, otro par de nalgas anónimas, alto y de estructura ósea delicada, con cabello a la altura de los hombros y seductoras orejas pequeñas.

Su madre rondaba en el espejo, ajena a lo que sucedía a su alrededor, sin prestar atención al trío de hombres que retozaban cerca, el más corpulento de ellos con una espada medieval tatuada en la columna. La cara de ella resplandecía serena como un caleidoscopio de colores pastel. Eso hizo que Ivanito recordara un documental que había visto una vez, sobre los calamares. Entonces ella se deslizó fuera del espejo y le sonrió con encías de un rosa antinatural. A Ivanito lo inquietó ese color, pero se abstuvo de exagerar al respecto. Quería tenerla presente lo suficiente como para saber por qué había regresado de entre los muertos.

Ivanito le hizo una seña a su madre para que lo esperara mientras él se ponía la ropa de calle, combinando una chaqueta térmica con un sombrero fashion de pelos de conejo. Luego le indicó a su madre que lo siguiera por el Berlín glacial de antes del amanecer. Se apresuraron juntos bajando la Fuggerstrasse, pasando los tilos cubiertos de escarcha. En la acera del frente, una mujer desaliñada se balanceaba, un pie descalzo en la zanja y otro en el contén.

—¿Tienes hambre, mami? ¿Acaso los fantasmas tienen hambre?

—Bratwurst...

Ivanito quedó estupefacto. Su madre llevaba casi veinte años de muerta, por lo que esa era su primera palabra, y la pronunciaba con un acento alemán perfecto. Pero sucede que una salchicha bratwurst era justo lo que él quería también. ¿Mami podía leer su mente, como él solía creer de niño? ¿Cuándo carajo ella había aprendido alemán? ¿Las personas se vuelven multilingües al morir?

Ivanito llevó a su mamá a un popular Schnellimbiss que abría las veinticuatro horas, e hicieron fila detrás de los demacrados personajes del bajo mundo de la ciudad, que movían los pies para mantenerse calientes. Nadie parecía notarla. ¿Sería que su mami era invisible para todos menos para él?

Pidió tres bratwursts y le ofreció uno. Ella lo engulló todo en su nube ensanchada, las salchichas, los pancitos, la mostaza picante, y luego soltó un comedido eructo.

"Impresionante", pensó Ivanito mientras devoraba su primer bratwurst para luego lanzarse al segundo. Sus manos estaban llenas de grasa por el desastre con las salchichas. Sin embargo, su madre rechazó la servilleta.

—¿Quieres más? —le preguntó.

—Casa.

La voz de su madre casi no se escuchaba.

—¿Casa?

Ivanito quedó atónito. ¿Qué quiso decir con "casa"? ¿Su apartamento en Charlottenburg, a menos de un kilómetro de distancia? ¿Su casa destartalada allá en la calle Palmas? ¿O la casa de su madre en el reino de los muertos?

Misteriosamente, por ser invierno, una bandada de gansos voló hacia el sur, habiendo debido hacerlo un mes atrás. Al verlos, Ivanito comenzó a correr detrás de ellos hasta que sintió que él también volaba. Mamí navegaba a su lado y él batía los brazos, mientras sus pies apenas tocaban el suelo y el aire frío le congelaba los pulmones. A la par que corrían, ella se reía, como cuando lo hacían por los parques de La Habana persiguiendo palomas y sueños, o eso decía ella.

La madre subió flotando, sin esfuerzo, los cuatro pisos hasta el apartamento de Ivanito, y él le abrió la puerta. Los gladiolos marchitos en un búcaro cargaban las habitaciones con un olor a podrido. Mamí se acomodó ondulante en el sofá de la sala y miró a su alrededor. Como una turista, se quedó boquiabierta al ver los estantes llenos de libros, los muebles de diseño Bauhaus, la colección ecléctica de antigüedades de su hijo. Ivanito puso en el tocadiscos el Concierto para violín número 3 de Mozart para calmarse y evaluar la respuesta de su madre ante todo eso. Ella comenzó a balancearse extrañamente al ritmo de la música, como si fuera a bailar.

En otra vida, Ivanito hubiera sido compositor de música clásica y tocaría las peligrosas sinfonías finales de violín. En cambio, se había convertido en un traductor fluido de español, ruso, inglés y alemán. No solo traducía los idiomas, también la cultura, la historia, la erótica, las pérdidas. Mutaba de un lenguaje a otro.

—Por favor, mami —dijo dulcemente—. ¿Puedes quedarte otro rato? Tengo un millón de preguntas que hacerte.

Ivanito sirvió un generoso vaso de ron para ella y otro para él. Su madre se lo tomó sin mucha fiesta y luego levantó el vaso para que se lo rellenara. ¿Y por qué no? Las cosas ya eran extrañas de por sí, aunque le resultaban extrañamente familiares. ¿Qué se necesitaría para emborracharlo hasta la locura?

—Mi cielo —le dijo su madre con la voz más suave y maternal.

Ella se inclinó hacia él, y él se rindió ante el placer de su abrazo. Un sopor hipnótico atravesó su cuero cabelludo y lo arrulló hasta dormir. Cuando abrió los ojos, una hora después, ella se había ido. Ivanito se esforzó para no llorar. ¿Cuántas veces en una vida ella podía abandonarlo?

Hacía años que su madre había sido enterrada con una bata blanca, un turbante y Elekes adornándola. Los santeros habían tocado los sagrados tambores batá mientras su ataúd era cargado hasta el cementerio a las afueras de Santa Teresa del Mar. Pero todos habían ignorado que Ivanito estaba allí, perdido y acongojado, en su traje funerario desajustado. Había planeado dejar un regalo en la tumba de su madre, un patico que había robado, pero el patico también se había muerto.

De la gaveta de su escritorio, cerrada con llave, Ivanito sacó el diario que su madre le había dejado. Color ciruela y con gastadas estrellas doradas, era lo único que tenía de ella. Pasó las páginas en blanco, ya amarillentas. Mami lo guardaba en el falso fondo de su cómoda, debajo de los rolos plásticos rosados y la secadora que cortó la electricidad de la casa de playa de su abuela. Ivanito había llevado ese diario a todas partes, en su largo viaje a Nueva York, Moscú y, por último, Berlín.

Pensaba que el diario de su madre estaba habitado por el terror de la supresión. ¿Acaso ella habría esperado que él pudiese llenar esas páginas con su propia historia? ¿Que escribiese sobre el palimpsesto invisible dejado por ella? Tal vez ella había anhelado que sus voces se fusionaran, que juntas crecieran más fuertes e insistentes. Pero Ivanito jamás escribió una palabra. Después de su muerte, él la defendió a menudo de quienes la acusaban de hacerse la loca, de desobedecer a la Revolución y, lo peor de todo, de intentar matarlo cuando él tenía cinco años.

El cielo estaba nublado, desprovisto de estrellas. Solo los faroles resplandecían a lo largo de los bulevares de Berlín, helados y vacíos. Ivanito estaba más cansado que nunca. Mientras se preparaba para dormir, dio un vistazo a sí mismo en la luz tenue del espejo de la puerta del clóset. Brillando alrededor de su cabeza había un halo.

2

Irina del Pino

Moscú

Irina del Pino forcejeó para caminar en la dirección opuesta a la de una manifestación en la calle Tsverskaya, cuya multitud olía a nostalgia y a vodka. Era una tarde fría de noviembre y el cielo parecía emplumado de grises perlados. Cuando el mar de manifestantes comenzó a graznar el deprimente y viejo himno nacional, ella se estremeció.

Unidas eternamente por la amistad y el trabajo,
Nuestras poderosas repúblicas siempre resistirán,
La Gran Unión Soviética vivirá a través del tiempo.
El sueño de un pueblo, su fortaleza asegurará...

La algarabía era un recordatorio de aquellos desfiles de la era soviética, sus olas de banderas rojas y estandartes con la hoz y el martillo. Ahora, los manifestantes cargaban retratos de Lenin y Stalin decorados con papeles de colores (algo impensable hace tan solo unos años), junto con carteles de Brézhnev barnizado en medallas. Muchos sacudían sus pancartas con lemas anticapitalistas: ¡GORBACHOV ROBÓ MI PATRIA! ¡ABAJO CAPITALISTAS DE LA KGB! ¡RUSIA NO ESTÁ A LA VENTA! Hasta había una ampliación de la foto de Fidel Castro en su uniforme militar fumando tabaco, y un hombre vendiendo prendedores del Che Guevara por diez rublos.

Irina sentía simpatía por los manifestantes, pero se consideraba más pragmática, una *realpolitiker*. Eso no era común en Moscú, donde su madre checa y su padrastro ruso la habían criado. Ella había recorrido un largo camino desde su crecimiento en un sombrío apartamento colectivo donde se alojaban trece personas. ¿Por qué querría retroceder el tiempo a la época soviética? ¿A qué? ¿A las bolsas de maya con pollo crudo colgando del balcón? ¿Al olor a blanqueador y a trapos de la cafetería de su escuela? ¿Al vecino borracho, desmayado y con los pantalones meados en su pasillo? *Nyet, spasiba*.

El país se había hecho pedazos más rápido de lo que nadie pudo haber anticipado, pasando de la película soviética en blanco y negro, pulverizada, a una capitalista que estallaba en color y caos. En el comunismo, incluso extravagancias de poca monta se consideraban una "exclusividad inaceptable". Y, aun así, de la noche a la mañana Rusia se vio invadida de vallas publicitarias y brillantes ofertas de Occidente: televisores, utensilios de cocina, autos alemanes de lujo, cítricos del Mediterráneo. Lo primero que compró Irina, después de que la Unión Soviética quedó patas arriba, fue una piña. Deliciosa.

Poco después del colapso, Irina dejó la universidad pública donde estudiaba estadística, una carrera prometedora, y se fue a la privatizada Uplift, una fábrica estatal de sujetadores financiada con dinero de la mafia. Hubiera o no apocalipsis, las mujeres seguirían necesitando ajustadores. Y esos eran mejores que los soviéticos, cuyas copas puntiagudas y diseño sin gracia repelían a todos los pretendientes, exceptuando a los más decididos. Al principio, las trabajadoras de Uplift desconfiaban de Irina, la miraban de arriba abajo como diciendo "¿Quién te crees que eres, niñita?". Pero como la paga constante era una rareza entonces. Las 177 empleadas se quedaron.

Irina trabajó incansable con miras a actualizar las líneas de producción de la fábrica, y hasta obtuvo una buena autorización monetaria para importar telas de lujo. En su primera temporada, la recién nombrada Caress produjo sujetadores sexys, con copas suaves, en una docena de estilos y colores. Para el tercer año de operaciones, la compañía obtuvo una ganancia sin precedentes del treinta y siete por ciento tras lanzar Sputnik, una línea de lencería retro: relucientes fajas plateadas y carmesí, negligés, sujetadores push-up ligueros y blumers sin entrepierna, que probaron ser muy populares entre las compradoras del pasado bloque soviético.

Los manifestantes marcharon hacia la Plaza Roja, beligerantes, hartos de injusticias.

—¡Nuestro país necesita la libertad lo mismo que un mono necesita espejuelos! —gritó un señor esquelético cuyos espejuelos estaban pegados con cinta adhesiva.

—¡Tiraron a nuestro país por el inodoro! —dijo un veterano engalanado con sus medallas de guerra de Afganistán, a quien le faltaba una pierna.

—¡Rusia necesita una mano fuerte, un supervisor con un palo! —murmuró un hombre sin dientes que se aferraba a su botella de Stolichnaya.

No se podía negar su miseria. La sociedad rusa estaba dividida en dos: quienes tenían dinero y quienes no. Irina estaba del lado de los adinerados. No era dinero de la oligarquía, pero era dinero. Esa se había convertido en su definición de la libertad. También había sido motivo de discusión constante con su padrastro, un matemático devenido profesor de filosofía marxista, quien, después de perder su trabajo en la universidad, se dedicó a vender memorabilia soviética a los "turistas parásitos", según su propia frase, en la Arbat. "¡Llévate auténticas reliquias totalitarias aquí!". Deprimido, sobrevivía a base de vodka y préstamos de Irina.

Dos años antes, cuando entregó en efectivo su último pago a los mafiosos que habían financiado la fábrica, Irina llevaba puesto un chaleco antibalas y una Tokarev enfundada, escondida en una bota que llegaba hasta el muslo. (Cuando aquello, manejaba múltiples armas de fuego, incluyendo Makarovs y Kalashnikovs). Por lo demás, ¿qué podía hacer? A pesar de sus muchas crisis, Rusia era su hogar, tan caro como su ambición. No podía imaginarse viviendo en cualquier paisucho, si bien su cultura originaria no le prometía mucho futuro.

Su chofer la estaba esperando en una calle adyacente, como habían acordado. Ella se deslizó en el asiento trasero de su Mercedes E-55, se sirvió un vaso de Shuiskaya bien frío y lo saboreó durante el odioso tráfico camino a casa. Era viernes e Irina estaba agotada. Llevaba días discutiendo con su gerente de operaciones, la testaruda Galina Budnikova, sobre la reconfiguración de las últimas y decrépitas líneas de producción. Irina nunca soñó ser la reina del sujetador de Rusia. Sin embargo, se había convertido en eso.

A pesar del éxito ganado con trabajo duro, Irina estaba sola en el mundo. Sus padres, muertos: su mamá checa, por una sobredosis de morfina seis años atrás; su papá biológico, cubano, por suicidio, cuando ella era niña. A veces, cuando Irina bebía demasiado, sobre todo los fines de semana, estudiaba la única fotografía que tenía de Javier del Pino, acunándola cuando era una recién nacida. Cuán fascinado lucía su padre, como si no pudiera creer que esa niña pequeñita fuera suya. Sus padres se habían conocido cuando eran estudiantes de doctorado en Química por la Universidad de Praga, en el verano de 1968. En ese entonces, las esperanzas eran imposiblemente grandes en relación con la democracia, la libertad e, incluso, el amor.

Irina entró a su penthouse en la calle Ostozhenka. Desde las ventanas de su sala podía ver el río Moscova, donde descansaba un grupo de patos. Las cúpulas doradas del Kadashi, antes una iglesia ortodoxa, se mezclaban con el atardecer. Su mayor lujo era vivir sola. En casa, todo era una tranquilidad previsible. Su chef austriaco le había preparado una cena gourmet digna de los Habsburgo: paté con trufas negras, pechuga de faisán salteada con champiñones silvestres y una tarta Sacher con crema de nata fresca para el postre.

Después de cenar, Irina abrió una ventana y respiró los aromas resecos de final del otoño. Luego prendió un cigarro y vio una película americana en su televisión por satélite. Trataba sobre un cantante negro que huía de unos gánsteres y se escondía en un convento católico de San Francisco. Irina disfrutó la película ¡qué cantar tan exuberante! Sin embargo, quedó boquiabierta ante lo que significaba el programa de protección de testigos de Estados Unidos. Según ella, desde la época de los zares los testigos solo declaraban lo que se les había ordenado, nada más. Cada caso se resolvía antes de tiempo. No era justicia, era ventaja.

Irina se sirvió un trago doble de Havana Club 7 años y se acurrucó debajo de su edredón de plumas de ganso blanco siberiano. El ron añejo le calentó el pecho; se rellenó el vaso dos veces. ¿Ahora qué era Cuba para ella excepto una isla con forma de cocodrilo, extranjera y lejana, sobre un mapa difuso? ¿Quedaba alguien allí a quien llamar familia? ¿Quién recordaría a su padre, Javier del Pino? ¿O que su hija vivía a medio mundo de distancia?

Su madre le había contado sus historias con el apuesto estudiante de intercambio de La Habana con quien se había casado impulsivamente a las pocas semanas de conocerlo. Cómo Javier le había enseñado a bailar salsa, lo que los había llevado a... "¿Por qué te da tanta curiosidad, Irina? ¡Eres muy joven para esta historia!". Sus padres se casaron ocho días antes de que medio millón de tropas soviéticas aplastaran el cambio con que los checos habían flirteado tímidamente. Irina trataba de imaginarse a Maminka muy enamorada, en lugar de a la enfermera de ojos cansados en quien se había convertido, desperdiciando sus últimos años.

A excepción de su palidez, Irina se parecía mucho a su padre. Había heredado su rostro afilado, su musculatura delgada, sus manos con nudillos grandes y sus pies talla diez. Todo lo cual le había sido útil como esgrimista (de adolescente había sido competidora regional). Las pocas palabras que sabía en francés, *¡Allez!* *¡Battez! ¡En garde!*, venían de ese deporte. A veces, Irina cultivaba su parecido con Javier del Pino pegándose un bigote, alisando su pelo hacia atrás con una pomada brillante y usando un sombrero Panamá. Así podía seducir a una modelo de lencería una que otra vez, cosa que consideraba como investigación.

Para inicios de la primavera siguiente, Irina planeaba abrir una fábrica en Berlín, con inversores europeos. Lanzaría una línea de ropa deportiva dirigida a quienes odiaban el ejercicio, pero querían parecer atléticos. No importaba cuán fuera de forma se pusieran las mujeres, seguirían agobiadas por la idea de cómo se veían a los diecinueve años. La ropa deportiva de Irina, con sus tirantes ocultos y licra en áreas estratégicas, aseguraba que las mujeres se acercaran a su ideal. Después de todo, lucir en forma era el nuevo símbolo de estatus.

Irina apagó las luces y se quedó fumando en la oscuridad. No tenía más religión que su firme creencia en el futuro, el cual le había demostrado ser más consistentemente confiable que el pasado. La tranquilizaba planificar el futuro, prepararse para lo inesperado. El mundo en que había crecido había desaparecido hacía casi una década, pero ella había aprovechado su oportunidad, la había partido como un oso de Kamchatka con sus fauces, y cosechaba los beneficios desde entonces.

3

Ivanito Villaverde

Berlín

Ivanito sospechaba que su madre le estaba transmitiendo un flujo constante de mensajes subliminales a través del halo y hacia su cerebro. Sabía que sonaba muy loco, por eso no se lo había dicho a nadie. El halo, además, se estaba haciendo más pesado, más difícil de manejar, como una cornamenta en crecimiento que le estaba aplastando el cráneo. Revisó si tenía ampollas en su cuero cabelludo febril, pero su piel permanecía uniforme. No había visto a su madre en más de un mes, como si ella estuviera aguardando el momento en que su control sobre él fuera total.

¿Estaría perdiendo la cabeza? Ivanito había hecho numerosas citas con psicólogos, pero las cancelaba enseguida. Teniendo en cuenta que él era el único que podía ver el halo y escuchar su tintíneo intermitente, cual golpes suaves de un martillo contra oro pulido, probablemente lo diagnosticarían de esquizofrénico. ¿Siguiente paso? Ir a algún centro para la salud mental en un arbolado suburbio de Berlín. Pero ¿necesitaba más problemas en su vida?

Eran las cuatro de la mañana e Ivanito seguía agitado en otra miserable noche sin dormir. Como siempre, se sentía solo sin Sergei Volchkov, el bailarín del Bolshói a quien había visto por primera vez cuando este interpretó a Von Rothbart en "El lago de los císnes", durante una noche nublada de primavera en Moscú. Los giros de Sergei paraban el corazón, sus saltos desafiaban el tiempo, y era tan hermoso que podía haber sido esculpido por Fidias. Después del espectáculo, Ivanito sobornó a alguien para ir a conocerlo tras bastidores.

Lo que aconteció después fue un romance digno de Tolstoi, o eso pensaba Ivanito.

Sergei había crecido en San Petersburgo, cerca del río Neva, el monumento de Pushkin y los cuentos inimitables de Gogol. Había vivido con su *babushka*, una adicta al tabaco sobreviviente del nazismo y ferviente fan de Tolstoi. "¡Hablas como el mismísimo Conde Vronsky!", se reía la abuela y bromeaba sobre el ruso tan formal de Ivanito. Mas en esa misma visita a San Petersburgo, Sergei le había confesado que había comenzado a tener relaciones con alguien del ballet. Una mujer, una bailarina. Algo que Ivanito nunca podría ser.

Una brisa hacía crujir el castaño afuera de su ventana. Las calles estaban desiertas. Ivanito aflojó los puños, tensos como para dar un puñetazo. Nunca se había sentido tan propenso a la violencia. Encendió un cigarro y escaneó su apartamento en busca del más mínimo cambio. Vio un azucarero tirado, luces encendidas, huevos rotos o faltantes, su reserva de ron disminuida. ¿A quién más podría culpar sino a su madre muerta?

Entonces, el sutil aroma de las gardenias atravesó el humo del cigarro que se desplegaba por el apartamento. El pecho de Ivanito se encogió. ¿La habría convocado con sus sospechas?

—¿No tienes frío? —La voz de su madre retumbó desde el espejo ovalado de su cómoda estilo Biedermeier.

Esta vez se veía minúscula, del tamaño de una fotografía en un relicario. Su rostro era mucho más joven y lo miraba.

—De vez en cuando —dijo Ivanito muy despacio, temeroso de que ella pudiera desaparecer. O peor, de darse cuenta de que nunca había estado allí.

—Debes tener ahora.

—Sí.

Solo el calor del humo mantenía el frío a raya, pero no lo dijo. En Cuba, su madre había tenido frío incluso en los días más calientes de julio.

—¿Me das uno? —preguntó ella, temblando.

Ivanito sacó un cígarro de su paquete Camel. Este se ajustó al tamaño de ella, mientras él lo acercaba a sus dimínutos labios. Ivanito encendió su fosforera Sputnik plateada, que parecía una hoguera acercándose a ella. Pero antes de que pudiera acercarle más el fuego, el cígarro de su madre se encendió solo.

"Buen truco", quiso decir, pero no lo hizo. Mejor observar y esperar.

—Creo que me estoy resfriando —dijo ella. Y estornudó para enfatizar.

—¿Eso es posible donde estás?

Ivanito sonrió, a pesar de sí mismo. El egocentrismo de su madre podía llegar a ser entrañable. Su rostro era más pequeño que una ciruela y más grande que una uva. ¿Sería su tamaño lo que hacía que fuera generoso con ella?

—¿Qué quieres decir con *donde estás*? Estoy contigo. Congelándome en Berlín.

—Los inviernos pueden ser brutales. Todo el mundo sabe eso.

—Es una ciudad de hielo. Aquí la gente se duerme con sus corazones.

¿Eso fue una indirecta? Con frecuencia Ivanito se adormecía él mismo poniendo su mano en el pecho, como si fuese un bebé que se calma con los latidos de su madre.

—¿Cómo puedes vivir aquí?

A su madre le costaba respirar.

—Es donde estoy haciendo mi vida.

—Pero eres un muchacho tropical.

—Ya no.

Para sorpresa de Ivanito, su madre sacó una zanahoria pequeña de un bolsillo oculto y la mordió.

—¿Ahora te gusta lo saludable?

—Lo estoy intentando —dijo. Y tomó otro bocado con desgano.

—Cuando muera, solo comeré profiteroles.

Mami se rio, atragantándose con la zanahoria.

—Eso tiene solución, mijo.

—Pero no te emociones demasiado. Todavía no estoy listo para
irme.

Su madre se puso seria. Diminutas llamas azules comenzaron
a azotar sus sienes como colibríes. ¿Se estaría él imaginando eso?

—Te veo, mijo.

—Yo también te veo, mami.

—Vago por tus sueños en la noche.

—No tengo sueños.

Esto era mentira, pero Ivanito no quería complacer su grandi-
locuencia.

—A través del halo. ¿No te has dado cuenta?

—Me lo imaginaba.

Ivanito dio una última calada a su cigarro y lo botó en una taza
con té frío que estaba en su mesita de noche.

—Sueño sin tener que dormir. Es una de las ventajas de estar muerta.

Su madre dejó el pedacito de zanahoria y continuó fumando.
Su cigarro parecía recién encendido. ¿Sería infinito como ella?

—Te me estás resistiendo. —La voz de ella era llana—. Por primera vez, mi cielo.

Ivanito sintió una turbulencia por debajo de su calma exterior.

—Sí, creo que lo estoy haciendo.

Evitó mirarla de forma directa, y fijó la mirada en la mesita de
noche Trabert que había cambiado por una canción en una tienda
de antigüedades en Suarezstrasse.

—Pero ¿por qué? ¡Lo arruinarás todo! —La cara de su madre se infló de la emoción, y luego se contrajo a su tamaño de relicario—. ¿Ya no eres mi niño? ¿Mi dulce y leal niño?

¿Por qué su madre creía que tenía derecho a su lealtad por siempre sin importar lo mala que había sido con él? Ella actuaba como si su muerte hubiera sido una injusticia, un exilio injustificado del cual él era culpable de alguna manera. Se miraron hasta que Ivanito se sintió como una figurita de barro conectado a ella por hilos de polvo. En el entierro de su madre, un remolino de viento se había llevado el primer trozo de tierra destinado a asegurarla bajo suelo. Entonces su boca se abrió y nadie pudo cerrarla de nuevo. Así fue enterrada su madre: la boca abierta, sin algunos dientes, las encías visibles.

—Pertenecemos el uno al otro, mijo —dijo por fin ella—. Solo descansarás cuando...

Su voz se apagó.

—¿Cuándo qué? —reclamó, los brazos firmes en los costados.

—El amor está hecho de sacrificios.

Su cigarro colgaba de sus labios indecorosamente. El halo se sentía como una guirnalda fría alrededor de su cabeza. ¿Sería un presagio de su martirio? Ivanito trató de imaginar qué versión de lo imposible acontecería después. ¿Así que la eternidad tenía una voz y era la de su madre? Impresionante.

—¿Quién eres en verdad? —preguntó, sobresaltando a ambos.

—Solo y por siempre tu madre —dijo, y suspiró imperiosamente. Luego, levantando una ceja, desapareció por los huecos del espejo.

Mami era una diva natural. Qué bien entendía los principios para cautivar a una audiencia, para preparar una salida y dejar a sus fans rogando por más. Esas lecciones habían servido a Ivanito ante el escenario. Pero reconocer el artificio no era suficiente para detener el sentimiento de pérdida en su pecho.

LOS ÁNGELES-MIAMI

I

Pilar Puente

Los Ángeles

Era la cúspide del invierno, apacible y perfumado de verbena lila. El cielo estaba veteado de fucsias, granates y un toque de mandarinas neón. Aunque en Los Ángeles la contaminación era asfixiante, daba cuenta de atardeceres espectaculares. Cascadas de buganvillas enmarcaban las ventanas de mi sala. Las flores se oscurecieron al atardecer como manchas en las paredes blancas. Un colibrí se inclinó sobre el jazmín.

Tuve la gran suerte de vivir en una casa de alquiler destartalada con vista al mar, en Santa Mónica Canyon. Todos los días, como hacía abuela Celia en Cuba, revisaba el mar con binoculares, aunque el color gris pizarra de las olas del Pacífico no se comparaba con los azules del mar Caribe. Desde aquí he divisado delfines retozando a lo largo de la costa; dos veces he visto el migrar de las ballenas. Las aves marinas interpretaban un circo aéreo incesante. Durante las lluvias de invierno, mis techos goteaban constantemente. Los aguaceros se escuchaban como una locura de castañuelas.

Hace seis años me convertí en madre. Criar a este niño, un bebé masculino, interfería en mi relación con los géneros y eso aparecía de formas inesperadas en mis esculturas (las pocas que estaba haciendo). El año pasado, para una exposición colectiva, creé un homúnculo andrógino con ojos sensibles al sonido. Respondía al canto de los pájaros, en particular al de los camachuelos cubanos, identificados por un ornitólogo tropical en la inauguración del evento.

El *L.A. Weekly* elogió mi obra como "Un comentario poscolonial sobre el imperio de lo sensorial".

Como fuere, no me consiguió un trabajo de tiempo completo en ningún lugar.

La verdad es que la maternidad era una bola gigante de demolición, sin etiqueta de advertencia, que provocaba estragos en mi cuerpo, mi alma, mis sueños, mis estados de ánimo, mi atención, mi sueño y mi vida artística. No era una opción para la mayoría de las escultoras. Ya lo sabía. Aunque Azul no fue difícil. Solo que estaba siempre ahí. Me sentía aplastada por la carga inacabable de todo, por mi falta de soledad y mi pastosidad constante. Más que nada me quedaba sentada mirando, con los ojos vacíos, mi estudio enmohecido en el patio, y me preguntaba cómo había llegado a ese punto en mi vida. ¿Era demasiado querer importancia?

Los artistas hombres siempre encontraron mujeres que cuidaron a sus hijos. El padre de mi propio hijo era un buen ejemplo. Dejó de sobras claro que mi embarazo no intervendría en sus planes personales o profesionales. Haru Tanaka estaba casado y era quince años mayor que yo. Era conocido por su Wunderkammer, un gabinete de curiosidades del tamaño de un almacén, provocativo, que evocaba al Japón imperial. A pesar de su inglés anacrónico, Haru podía emitir juicios devastadores. Una vez me llamó (y, por extensión, a mi trabajo) "epígono", como si yo fuera una inevitable conclusión poco original.

Estábamos enamorados, o eso creía yo; no obstante, Haru cumplió su palabra. Así que estuve sola cuando parí a Azul, y sigo sola. Haru se llevó más que mi corazón cuando se fue. ¿Por qué permití que me destrozara de esa manera?

Mi hijo era implacablemente expresivo. Como la mayoría de los niños de seis años, tenía tiempo de sobra en sus manos. Eso hacía que todo fuera negociable: desde la comida chatarra, la hora de lavarse los dientes, hasta qué estaciones de radio poner. La semana pasada, apoyó sus puños pequeñitos en las caderas y soltó: "¿Quién te dijo que tú me mandas, eh?". ¿Naturaleza contra crianza? ¿En serio? Aprendí que él podía desmembrar una muñeca en treinta segundos.

—¡Bien por él! —cacareó mi mamá cuando se lo conté—. ¡Mi niño no va a permitir que lo conviertas en un mariconcito como tus amigos artistas!

Azul era la principal razón de vivir de mi madre. A ella solo le importaba lo que *su niño* estuviera haciendo. La dentición, aprender a ir al baño, el círculo infantil, su predilección por los guisantes con wasabi; todo eso era en extremo fascinante para ella. Mi vida no tenía importancia más allá de ser el humilde vehículo por el cual había surgido ese niño milagroso. Me hacía la que no me importaba, pero el rencor seguía acumulándose. ¿Mi único poder? Privarla de su precioso nieto por meses. Me hizo comprender el funcionamiento de la extorsión emocional.

El ambiente artístico en Los Ángeles era increíble, el equivalente al de Seattle cuando *Nevermind* de Nirvana obtuvo el disco de platino. Pero yo no era parte de esa fiebre del oro. Además de mi escasa productividad, me habían echado a un lado por ser demasiado difícil, como una malcriada estrella de Hollywood. "Estás renuente a los coleccionistas", me dijo mi exgalerista, lo que significaba que me negaba a ser una lameculos, a encenderme solo para ellos como un maldito foco. "¿Somos artistas o aduladores públicos?", le grité antes de marcharme furiosa.

Si el punk me había enseñado algo fue a ser dura con mis objetivos, como ese disco viejo de Lou Reed. A ser audaz, franca. Extrañaba esos días junto a mi primo Ivanito en el Lower East Side. Por años fuimos inseparables el uno del otro. Nuestra banda,

Autopsy (Autopsia), tuvo su momento de gloria en 1984 gracias a él. Yo tocaba el bajo y escribía las letras, pero Ivanito cantaba con el corazón en medio del escenario. Nuestro único éxito, "Litterbox Heart" (Corazón de inodoro), arrasó en la escena punk del centro de la ciudad.

Se estaba haciendo tarde pero puse ¡Adios Amigos!, el último disco de los Ramones. Para la última canción, "Born to Die in Berlin", conecté mi amplificador y saqué mi bajo del clóset. Lo sostuve muy abajo, para que la pastilla se apoyara justo en mi hueso del pubis. Coño, su energía sexual pura me atravesaba.

> *Sometimes I feelin' that my soul is as restless as the wind*
> *Maybe I was born to die in Berlin...*

> (*A veces siento que mi alma es tan inquieta como el viento*
> *Tal vez nací para morir en Berlín...*)

Lourdes Puente

Miami

Un niño, siempre hubo un niño como centro de las angustias de Lourdes Puente. El hijo no nacido al que ella habría llamado Jorgito, igual que su padre. Su sobrino, Ivanito, le había roto el corazón al irse a estudiar, nada más ni nada menos que a Rusia. Y, ahora, su único nieto viviendo en Los Ángeles sin un padre que lo cuide, sobre todo para prevenir las confusiones en torno a la masculinidad, predominantes en los círculos artísticos de Pilar.

Por no hablar de las anormales restricciones dietéticas que le impusieron. Si su hija había decidido ser vegetariana, ¿a quién le importaba? ¡Pero Azulito no iba a crecer un centímetro más sin carne! ¿Cómo Pilar podía negarle a su propio hijo el sabor del lechón asado? ¿O la sustancia jugosa de un medianoche? Los pepinillos son vegetales ¿no? También le había declarado la guerra al azúcar. ¡Al azúcar! No al comunismo, ¡qué va! Eso sería demasiado fácil. El azúcar era el enemigo. ¡Por qué! ¡Ella era anticubana!

Lourdes se había obsesionado con el trágico caso de Eliseo González: el niño que encontraron aferrado a una cámara de camión, flotando en el estrecho de la Florida, justo el día de Acción de Gracias. Su madre y el resto del grupo se habían ahogado en su intento de huir de Cuba. ¡Otro niño hermoso, de rostro dulce y tímido, con unas ganas extraordinarias de vivir! El pequeño

Elíseo estaba destinado a hacer grandes cosas, Lourdes estaba segura de eso. Incluso trató de hablar con su esposo sobre el drama de ese niño, pero Rufino, que estaba estudiando para sacar su licencia de capitán de barco, no le hizo caso.

Si tan solo ella pudiera conocer a Elíseo, regalarle una hamburguesa con queso, cosa que no podía hacer con su propio nieto. Tal vez hasta podría llevarlo a Disney World. O pagarle un año de matrícula en una escuela católica para que las monjas, por lo menos, le sacaran cualquier vestigio de comunismo. El padre de Elíseo, un pobre mesero de hotel en Cárdenas, quería arrastrar al niño de regreso a la isla con la ayuda de El Líder. ¡Qué barbaridad!

Lourdes llamó a su hija para hablar de un asunto urgente en relación con el caso de Elíseo. En concreto, el desastre de relaciones públicas que resultó ser su prima adolescente Marisol, que hablaba más de la cuenta con cualquiera que tuviese un micrófono. Esa niña vulgar estaba haciendo quedar mal a toda la comunidad de exiliados. Como mínimo, la familia González debía de contratar a un portavoz que diese una mejor imagen de los cubanos, más refinados, en Miami.

—Qué esnob eres —dijo Pilar—. Y ridícula.

—¿Tienes el descaro de llamarme ridícula? —irrumpió Lourdes—. ¿Y la Estatua de la Libertad que pintaste para mi panadería, con un maldito alfiler en la nariz? ¡Ridículo e irrespetuoso!

—Siempre crees tener la razón.

—Pienso, luego existo.

—¡Si ni siquiera sabes quién es Descartes!

—¿De quién?

—Exacto. Me tengo que ir ahora.

Era completamente inútil. Ella y Pilar no podrían ser más diferentes. Ese era su destino, pensó con tristeza, estar atrapada entre una madre comunista y una hija hippie alineadas en su contra.

—¿Vendrás a Miami esta Navidad? —Lourdes preguntó rápido antes de que Pilar colgara.

—Ni hablar.

Lourdes condujo hasta la capilla de Key Biscayne, que estaba abierta las 24 horas, para calmarse. Encendió cinco velas votivas, pero pagó solo una. Las velas tenían sobreprecio y ella se negaba a ser estafada, mucho menos en la iglesia. Se arrodilló delante del nicho de la Virgen de la Caridad del Cobre e inhaló el incienso de la misa anterior. Cuando iba por su duodécimo Avemaría, escuchó una voz femenina, etérea, que no era suya y, sin embargo, parecía parte de ella.

"Salvarás al niño encontrado en el mar".

Lourdes miró hacia arriba, a la Virgen, cuyos labios se movían levemente, y dejó caer su rosario, que se escabulló debajo del reclinatorio como un escorpión. Solo el crucifijo del rosario se atisbaba por debajo del mueble, brillando con la luz de los vitrales.

"Por el hijo que perdiste. Por todos nuestros preciosos niños muertos en la guerra. Esa es tu misión".

Lourdes se persignó tres veces con manos temblorosas. ¿En verdad la Virgen la estaba escogiendo a *ella*?

Fue rápido para la casa y se puso su traje de punto, de color azul marino, de la marca St. John. La hacía sentir invencible, como antes su uniforme de policía auxiliar en Brooklyn. Luego cubrió sus hombros con un patriótico chal de seda. Así, cuando Lourdes se sentó ante el timón de su Jaguar color lavanda, su pecho estaba hinchado de propósito. El motor sonaba bajito, el aire acondicionado estaba puesto a 14 grados, en la reproductora se escuchaba Radio Martí, la más anticomunista de las estaciones locales.

Mientras conducía por Cranston Boulevard, un instante de lluvia le dio a Key Biscayne un aire de otro mundo. Había presagios por todas partes. Un ciclista le hizo la señal de victoria sin razón aparente. Una bandada de gaviotas formó su nombre, sin la s, en los cielos del norte. Y todo el viaje lo hizo con luz verde en su camino de salida de la isla. ¿Cuándo había pasado eso antes?

La autoestima de Lourdes creció a la vez que cruzaba la calzada Rickenbacker. Las vistas de la avenida Brickell hablaban de promesas, fortalecían su sentido de la justicia. En la radio se escuchaba "La gloria eres tú", de Olga Guillot, y Lourdes cantaba a todo pulmón. Iba rumbo a la Pequeña Habana, a la modesta casita blanca donde vivía Eliseo. Mientras se deslizaba de una autopista a otra, sentía una luz divina en su interior, guiándola hacia su destino.

INTERMEDIO:
LAS FOTOS DE PILAR

Foto #1: 1961

Es el momento en que nos vamos de Cuba. Mi madre está vestida como una aeromoza, luce impecable con su traje de dos piezas. La foto es en blanco y negro, pero el traje parece azul marino, su color favorito. Mamá lleva tacones altos y pestañas postizas para un vuelo de cuarenta y cinco minutos. Se enroscó el cabello elegantemente y encima se puso un sombrero estilo *pillbox*. No ha visto a mi padre en seis meses —él llegó primero a Miami y luego nos mandó a buscar— y está ansiosa por verse hermosa, mejor de lo que él recuerda. Es difícil asociar a esta glamorosa mujer con cintura de avispa con quién ahora usa un uniforme de panadería talla veintiséis, una redecilla en la cabeza, zapatos ortopédicos y engulle camiones de pegajosos bollos de nuez.

Marzo se está acabando y yo tengo dos años y tres meses de nacida. Mamá agarra mi mano, pero mi cuerpo indica que quiero zafarme de ella o, al menos, estoy inclinándome con fuerza en dirección opuesta al suyo. Este gesto, desde tan temprano, captura nuestra relación de toda la vida. ¿Cómo ya sé mantener la distancia con ella? ¿Me estoy rebelando contra el vestido de tul y organza para fiestas, que me da picazón? ¿Contra mis brillantes zapatos de charol? Hasta hoy, mamá me acusa de ser intratable y abandonada con mi apariencia. La antítesis de una verdadera cubana. Como si mi moño descuidado y mis pantalones de corderoy fueran ataques directos a su feminidad.

En la foto, estamos junto a un avión con hélice, de American Airlines, un viejo saltador de charcos en el cual volaremos de La Habana a Miami, aunque la distancia que implica este viaje es más larga de lo que nos podemos imaginar. Papá estará esperando a mamá con un ramo de orquídeas, y a mí con un conejo de peluche rosado. Mientras mi cuerpo de niña pequeña busca una salida, mi boca está cerrada, en negación. Estoy tentada a ponerle una llamada de diálogo que diga "¡Váyanse al carajo, yo no me quiero ir!". Total, ¿quién tiró la foto? Supongo que otro pasajero, o tal vez el piloto cuando se dirigía a la cabina de mando. Mamá nunca ha sido tímida para mandar a gente extraña.

Recuerdo más claro lo que pasó el día anterior. Estaba sentada sobre las piernas de abuela Celia, jugando con sus aretes de perla, en el columpio de mimbre de su portal mirando al mar. En lo alto se veía el sol y el aire olía dulce a jazmines y gardenias. Las olas llegaban suaves a la orilla. El sonido chirriante del columpio acompañaba la canción de cuna que me cantaba mi abuela: *Duérmete mi niña / duérmete mi amor / duérmete pedazo / de mi corazón...*

Me estaba quedando con abuela Celia mientras mi madre terminaba los preparativos para nuestro viaje a Miami. Pero yo no me quería ir. Me sentía en casa sentada en las piernas de mi abuela. "Déjala conmigo", le había dicho a mamá. "Te esperan muchas dificultades, mija. Cuidaré a Pilar hasta que tú puedas". Pero mi mamá le gritó y le dijo que El Líder era un carnicero. Recuerdo la palabra *carnicero* porque me hizo preguntarme qué había de almuerzo. Esperaba que fuera costillas de cerdo con tostones crujientes. "Ella estará bien aquí. Por favor, Lourdes".

Hubo más gritos, peleas. Me aferré a mi abuela, escondí la cara en su cuello lleno de talco. Entonces mamá me arrancó de los brazos de abuela Celia. "¡Noooooooooooo!".

Foto #2: 1964

Tengo cinco años y estoy con mi padre en Sunken Meadow Beach, en Long Island. Todavía no sé qué significa la palabra *paradoja*, es decir, cómo es que una pradera puede hundirse y convertirse en un tramo de arena que atrae al mar. Como fuera, me intrigaba el nombre de esta playa. En la foto, estoy usando un bikini de colores rojo, blanco y azul con vuelitos en la parte de abajo (incluso en esos tiempos a mamá le gustaban los atuendos patrióticos). Se me salen los rollitos en el área de la cintura. Tengo el pelo corto y miro a mi papá que, risueño, apoya una mano en mi hombro.

No puedo dejar de mirarlo.

Papá es bello como un actor de cine. ¡Y su cabello! Tiene tanto pelo, una corona de tinta negra. Casi no lo reconozco. Se ve relajado también. No está panzón ni gruñón, ni atrapado con sus inventos inútiles en nuestra bodega en Brooklyn. Su traje de baño es holgado, con dos broches brillantes en la cintura. Ahora me doy cuenta de que no conozco a mi padre en lo absoluto, al hombre que era antes de que mamá lo convirtiera en otra persona. El hombre que una vez me confesó en secreto que huiría a África si pudiese, bien lejos de sus fracasos en Nueva York. No me extraña que buscara otras formas de sentirse valioso.

Mis brazos quemados por el sol cuelgan con torpeza como si fueran nuevos apéndices que estoy aprendiendo a usar. Detecto una pizca de confusión en mi rostro. ¿Quién sabe lo que está diciendo mamá mientras toma la foto? Mi sonrisa parece forzada. Ciertamente, esta es una idea que me hago cuando miro al pasado; aunque no es que ahora yo sea tan diferente, solo más expresiva.

La playa está llena. Debe ser agosto. Al Atlántico le toma hasta esas fechas para calentarse lo suficiente como para ir a nadar. Hoy en día, solo me baño en aguas con temperaturas como las del Caribe. Esa podría ser la única prueba de que soy cubana. En la foto, papá y yo estamos muy cerca de las olas. Detrás, una mujer torpe se ajusta un gorro de baño floreado, de esos que te cortan la circulación de la cara. Muchas familias se meten en el mar, hacen pícnics que parecen banquetes (¿esos son panes con perro?), se lanzan las pelotas de playa. Una niña pequeña imita a su madre colocando las manos sobre las caderas.

¿Alguna vez yo también imité a mi madre? ¿Alguna vez deseé crecer para ser como ella? ¿Giré a su alrededor como un pequeño planeta admirando al sol? Si así fue alguna vez, no lo recuerdo. Como no recuerdo que papá fuera tan asombrosamente bello o feliz o tan profundamente enamorado de su esposa.

LA HABANA

Celia del Pino

Santa Teresa del Mar

Después de la temporada ciclónica, la isla volvió a sus hermosos días iguales. Los cielos de diciembre eran tan azules que parecían paralizados. El mar también estaba en calma, como invitando a Celia a patinar sobre su superficie. Una brisa vespertina agitó el marpacífico y sonsacó el perfume de la gardenia de invierno, llena de flores de viuda. Ahora la playa le era ajena, aunque la había contemplado durante toda su vida. Los brazos de Celia temblaron cuando levantó los prismáticos. Ya estaba mayor para vigilar la costa, pero lo seguía haciendo por costumbre.

Pasaron las horas, pero Celia no se sentía cansada. Estaba inmersa en un fervor salvaje que corría por sus venas, en los sueños que volvía a tener otra vez: irse de Cuba; visitar a su examante en Granada; bailar, aunque fuera una noche, en un torbellino de sayas y claveles rojos, sin importar todos sus dolores. A sus ridículos noventa años, su cuerpo, o lo que quedaba de este, deseaba unirse al de él.

La tercera carta de Gustavo había llegado el día anterior, llena de palabras rimbombantes. Pero esta vez también traía un boleto de avión para España, y dinero suficiente para cubrir cualquier imprevisto. ¿Imprevisto? ¿Qué habría de imprevisto en volar cinco mil millas para ver a un fantasma? Celia suspiró. ¿Y si al encontrarse otra vez se humillaban el uno al otro? ¿Habría alguna estúpida diferencia? Hace mucho tiempo que ella había aprendido una útil lección: el desengaño amoroso no podía matarla. Y si ahora lo hacía, solo precipitaría lo inevitable.

En el radio se escuchaba el famoso discurso de El Líder de cuando la crisis de los misiles, como parte de un recorrido nocturno de sus grandes éxitos de la oratoria. Hasta el día de hoy, desde el comienzo de la Revolución los yanquis han insultado y asaltado la isla sin cesar, persistiendo con sus trucos sucios. Sin embargo, la otrora confiable Unión Soviética al final también los había abandonado. Después de su colapso, de la noche a la mañana, a Celia le pareció que la economía de Cuba se había detenido. El "Período Especial" que le siguió mantuvo a la isla en un estado de incertidumbre durante una década. Todos le echaron la culpa a El Líder, pero ¿cómo habría sido su culpa? Por un lado, la perestroika; por otro, la glásnost. Él no sabía qué hacer con eso.

Celia apagó el radio. El aire se contrajo ante la falta del oxígeno que era la voz de El Líder. El primer haz de luz se propagó en el horizonte, iluminando su tramo de playa. Con frecuencia, se sentía sola esa hora. Sus nietos estaban dispersos por todo el mundo y dos de sus tres hijos ya adultos habían muerto hacía tiempo. Solo la imperial Lourdes quedaba viva, retirada en Miami con los gusanos. Imaginó a su hija panadera-empresaria frente a una montaña de pastelitos, dispuesta a devorar hasta el último.

Celia se bajó del columpio de mimbre y cojeó hasta su cuarto. Sus caderas se habían vuelto más rígidas desde su estadía en el hospital. Se quitó la bata de casa y se quedó desnuda ante el espejo de cuerpo entero, agrietado y manchado, con metales oxidados. Antes de la cirugía de cataratas, la visión que Celia tenía de sí misma era borrosa, más un recuerdo distante que un hecho. Ahora su cabello, que antes tuvo mechas grises, lucía como una mísera bandera de rendición, y el lunar que antes estaba en su mejilla se había caído al borde de su mandíbula.

Pero, coño, ¿cuándo se le había caído el cuello?

Giró en el lugar, sin cerrar los ojos, e inspeccionó el espectáculo envejecido en el que se había convertido. El tiempo le había hecho lo que le hacía a todo el mundo, sin timidez en sus reclamos. ¿Por qué iba a ser diferente con ella? A Celia le faltaba el seno izquierdo, ¡pero todavía tenía sus dientes! En la pared conservaba el dibujo que Pilar había hecho de ella cuando la visitó por 1980. Naturalmente, Celia le pidió que la retocara: quería un cabello más oscuro y exuberante, la cintura delgada, el rostro menos severo. ¡Qué vanidad!

Déjame en un ansia de oscuros planetas,
pero no me enseñes tu cintura fresca.

Con esa última carta Gustavo había prometido enviar una fotografía actual de él si Celia juraba hacer lo mismo. ¿Estaba loco? ¡Ninguno de ellos se movería un centímetro del sillón si hicieran eso! Quizá por caballerosidad, Gustavo no le escribió sobre sus días de éxtasis en el Hotel Inglaterra y se centró, en cambio, en las elevadas conversaciones que tuvieron, en su amor por la poesía de García Lorca, en el sublime arroz con cangrejos que cenaron todas las noches. Ni una palabra acerca de cómo Celia se atrevió a firmar como su esposa en el libro del hotel. O cómo él jugaba con los tensores de su liguero de satín rosa. Ni sobre sus vigorosas formas de hacer el amor ante el espejo del armario de caoba.

Celia, por su parte, había legado esa habitación de hotel a la memoria. Las camas dobles hundidas, las losas del piso blancas y negras, la mesa larga donde habían jugado dominó hasta altas horas de la noche (ella ganó cada juego). Las ventanas del piso al techo que se abrían y enseñaban un balcón con vistas al Parque Central, lleno de transeúntes día y noche. Un trío de Santiago de Cuba tocaba "Lágrimas Negras" a todas horas.

Una pasión como esa no estaba destinada a durar. Nunca se pensó para ser domesticada, con hijos que criar e impuestos que pagar. Su naturaleza era efímera. Celia se había consolado por años con esa mentira: diciéndose que lo mejor había sido que se hubieran separado cuando lo hicieron, cuando Gustavo todavía podía volver a España, a su guerra, a su esposa, a un futuro sin ella. Su interludio en La Habana quedaría para siempre inmaculado. Hasta ahora.

—Por nosotros quiero ser hermosa otra vez —susurró Celia al espejo.

El deseo la arañaba como un diminuto cangrejo fantasma. Y no, *no* se iba de Cuba, pasado casi un siglo, solo para tomarse un amistoso té con Gustavo. ¡Qué va!

Celia entró desnuda a la sala y se envolvió en la sábana comida por los comejenes que cubría el piano de madera. El piano se había puesto blanco como tiza tras una eternidad de recibir la luz del sol y el aire del mar. No había sido afinado en décadas. Producía sostenidos y bemoles aquí o allá, o ningún sonido. A pesar de sus fallas, Celia se sentó y tocó el inicio de "La Soirée dans Grenade", de Debussy, con gran delicadeza.

Herminia empujó la puerta, cargando dos jaulas de bambú llenas de camachuelos cubanos nerviosos.

—Así que decidiste irte a España por lo que veo, ¿eh?

—Tal vez.

Celia cubrió apenada su seno faltante con una esquina de la sábana.

—¡Pero, niña, te ves con muchas ganas de ir! —bromeó Herminia, aunque tarde o temprano desalentaría a Celia o se pondría patas arriba—. ¿Ya le respondiste?

Celia miró hacia otro lado, dudaba sobre si confesarle la verdad.

—¡Eres la candela! —Herminia la aplaudió—. ¡Ojalá pudiera ir contigo y encontrarme a un viejito rico!

Los camachuelos cubanos aleteaban frenéticamente, demasiado ansiosos para cantar. Eran pájaros hermosos, autóctonos de la isla, sin duda sus mejores cantores, y cada vez había menos. Herminia capturaba los pájaros en las montañas de Pinar del Río, Celia no preguntaba por qué. Mejor no saber demasiado. Si la policía llegaba haciendo preguntas, ella podía responder por Herminia, decir lo que fuera necesario para evitar que la arrestaran. Celia hizo la nota mental de escribir una carta de referencia para los archivos oficiales de su vecina. Como antigua jueza del pueblo en Santa Teresa del Mar, sabía que su palabra todavía valía algo.

Herminia la acompañó de nuevo al cuarto y la ayudó a ponerse una bata de casa limpia, unas medias y su último par de tenis gastados. Luego le hizo a Celia un moño pasado de moda.

—¿Tienes algún tinte para el pelo?

Celia se alisó un cabello suelto.

—Te puedo buscar uno mañana.

—¿Negro intenso?

—A no ser que estés planeando darte un rubio platino. Como la Marilyn Monroe.

Celia se rio. Estaba agradecida con Herminia por animarla a arriesgarse de nuevo en el amor. Veinte años atrás ella había caminado hasta el mar esperando morir, entregándole los aretes de perla que Gustavo le había regalado. Pero perdió el conocimiento y flotó hasta la orilla como un tronco mojado a la deriva. Herminia la encontró, la salvó y se convirtió en la única que se quedó a su lado.

Las dos mujeres se dirigieron al patio. Una libélula volaba sobre un ave del paraíso. El viento se volvía más fuerte, hacía crujir los penachos de las palmas reales. Un escuadrón de pelícanos se turnaba para catapultarse hacia las olas, mientras un par de golondrinas de mar se peleaban por un cangrejo varado. Las nubes lucían como trapos sucios en la distancia.

—¿Cafecito?

—Gracias, Herminia.

Ya el día se sentía viejo. Celia volvió a acomodarse en su columpio de mimbre y apuntó sus prismáticos hacia el horizonte. Ahí, al borde del Caribe, todo parecía posible, incluso perdonable. Se estaría imaginando la cara de Gustavo flotando en la distancia, sus labios inmensos y abiertos, murmurándole poesía en la brisa: *Verde que te quiero verde...*

Hacía tiempo Celia se había preguntado qué era peor, la separación o la muerte. La muerte era la última de las separaciones, sin duda. Pero ¿ser forzada a separarse, a exiliarse de aquellos a quienes amaba? Eso fue peor, mucho peor. Celia bajó los prismáticos y estudió las olas que corrían hacia la orilla, hacia ella.

Herminia Delgado

Santa Teresa del Mar

Me desperté muy temprano el día de nuestra despedida. Una vecina de confianza me llevó rumbo a Playas del Este. No hablamos
en el camino. Sin preguntas ni cháchara. Ambas entendíamos que
el silencio era la mejor protección. Como pago, le regalé a Gladys
mis jaulas de bambú y le dije cuáles eran los mejores lugares para
atrapar pájaros en Pinar del Río. La demanda de camachuelos cubanos estaba en alza. Los contrabandeaban hasta Miami, drogados
y metidos en rolos plásticos para el cabello, y los vendían a exiliados nostálgicos que pagaban fortunas para escuchar a los pájaros
cantar en su cocina.

Odiaba irme de Cuba sin decírselo a Celia. ¿Cómo se las arreglaría sin mí? Le hice la comida todos los días, la llevé al médico,
la acompañé muchas noches en su portal. No hablábamos mucho.
Era suficiente no estar solas. La semana pasada encontré a Celia
debajo del tamarindo, tumbando fruta de la mata con la sombrilla
de su tía abuela (que también usaba como bastón). Bueno, esos ta-
marindos los hice mermelada con azúcar y agua hirviendo.

Celia se convirtió en una revolucionaria acérrima por los años
cincuenta, cuando El Líder luchaba en la Sierra Maestra. ¿Cómo
iba a entender mi deseo de abandonar la isla para siempre? Por
supuesto, ella estaba jugando con la idea de visitar a su antiguo

amante en España, pero yo dudaba que se fuera por mucho tiempo. Esperaba, por su bien, que el español pudiera complacerla todavía como lo había hecho antes. ¡Jaja! Como último favor, le pinté el pelo de negro azulado como las plumas de un cuervo.

Aún estaba oscuro cuando mi vecina me dejó en una carretera desierta y dio la vuelta para volver a su casa. Caminé por la orilla rocosa hasta encontrarme con mis compañeros de viaje. Éramos un grupo de doce religiosos, once hombres y yo. Los doce apóstoles, dijo alguien en chiste. Habíamos trabajado duro para preparar nuestra embarcación: reforzamos las velas con tiras de cuero, le adaptamos un motor de Lada, reforzamos la cubierta con tablas robadas de los bancos de los parques de Matanzas.

Izamos una bandera azul en honor a Yemayá, diosa de los mares. Mientras salíamos, le cantamos, pidiéndole su protección: *Yemayá Asesu / Asesu Yemayá / Yemayá Olodo / Olodo Yemayá...* El mar estaba picado, pero el pronóstico se mantuvo favorable: nublado, sin lluvia y con vientos constantes del norte. Nuestro plan era adelantar por la noche, a la hora en que la gente perdía los nervios y dejaba que el miedo se apoderara de ellos. Pero nuestras posibilidades eran buenas, mejor que buenas, porque teníamos a los orishas de nuestro lado.

Nuestras primeras horas en el mar fueron una bendición. Pero a media tarde nuestro motor se detuvo. No hubo rezos ni arreglos ¡ni mecánico a bordo! que pudieran solucionar el problema. Las olas rompían contra nuestro bote, un palillo de fósforo en la inmensidad del mar. Nos rotamos para remar, dirigidos por nuestro babalawo, cuyos músculos del cuello se hincharon del esfuerzo. "¡Yemayá está con nosotros!", nos animaba. Fue un trabajo duro, como para romperse las manos. A medida que el día se desvanecía hacia el anochecer, un banco de nubes oscureció la luna.

La noche se hizo más negra que el apagón más oscuro, que un ataúd cerrado, que las partes más profundas del mar. Remamos y rezamos a través de esa oscuridad, ignorando nuestras palmas ensangrentadas, luchando contra un terror más frío que la noche. Pensaba en Felícia mientras remaba. Sí nuestro viaje fallaba, pronto estaría jugando dominó con ella en una nube errante sobre algún lugar. ¡Mejor eso que regresar a Cuba!

Las arcas del gobierno estaban vacías. Ya nadie recibía los mandados completos, solo el azúcar. Todo lo demás, huevos, leche, plátanos y carne enlatada, desapareció de los estantes de las bodegas o se vendía por la izquierda a precios astronómicos. Tampoco había gasolina. Había que tener dólares para eso. Los fieles del Partido fueron premiados con bicicletas chinas, provocando innumerables accidentes en La Habana. El resto teníamos que esperar horas por una guagua, o caminar. Hasta bajamos de peso: ¡treinta libras como promedio por persona!

Al amanecer, los cielos lucían más prometedores. Los vientos habían destrozado la bandera de Yemayá, pero aún estábamos en pie. De pronto, una bandada de aves marinas apareció volando sobre nosotros, como calculando nuestras probabilidades de supervivencia. Eran aves peculiares, diferentes a cualquiera que hubiera visto antes. Tenían un color azul brillante, con picos como trompetas relucientes. ¿Serían una alucinación de ángeles? ¿Habían venido a anunciar nuestro triunfo o nuestra derrota?

Una se lanzó en picada al mar y resurgió con una caballa golpeada que se movía aún. Fue la sangre de este pescado la que provocó lo que vino después: un tiburón. Por su aleta dorsal y la extensión de su espalda, podíamos calcular que era un monstruo. ¿Qué pasaría si embestía nuestro bote, lo volteaba y nos convertía en su comida? Como creyentes, teníamos que creer en los orishas más de lo que creíamos en nosotros. De lo contrario, ¿qué significaba la fe? Yo era hija de Changó, el más poderoso de los dioses, pero estaría mintiendo si dijera que no sufrí mis crisis de fe de vez en cuando.

El tiburón nos siguió hasta el mediodía, luego se desvió hacia el oeste. Pero nuestros problemas no terminaron. Justo delante de nosotros, desmoronándose en el mar, estaban los restos de un bote.

Cincuenta metros más allá, otra lancha flotaba hecha pedazos. El motor roto, el tiburón y ahora las embarcaciones vacías. Sabíamos lo que significaba todo eso: nuestro viaje estaba maldito.

Me armé de valor pensando en mi hijo, que había navegado un velero hasta la Florida el año anterior durante once horas. Para el domingo, Eusebio y yo hablábamos por teléfono de las cosas más normales: el reporte de la pelota, su trabajo en la fábrica de almohadas, el colchón nuevo de paquete que estaba pagando a crédito. Él no se imaginaba que yo estaba planeando irme de Cuba. ¿Para qué preocuparlo? ¿Para qué tentar a los espías que vigilaban las llamadas de larga distancia?

A las cuatro en punto, como si fuera una cita, un barco surgió de los mares como un espejismo. Era la Guardia Costera de los Estados Unidos, con una fila de hombres con uniformes blancos en la proa. Nuestros corazones se hundieron tan fuerte y tan rápido que me sorprendió que nuestro bote no se derrumbara por la desesperación colectiva. Carajo, estábamos tan solo a treinta y seis millas de Key West.

Estaba medio decidida a tirarme por la borda, a nadar o ahogarme, pero resistirme a la captura. El babalawo nos pasó una botella de ron para calmarnos. Un oficial que hablaba español nos informó que nos llevarían a la base militar de Guantánamo para ser "procesados". Así, como sardinas en lata.

Eso significaba para mí volver a Cuba, regresar a Santa Teresa del Mar, a mi destino. Aunque fuera difícil, aunque yo no quisiera.

BERLÍN

Ivanito Villaverde

Leipzig, Alemania

Ivanito estaba agotado después de tres días de eventos consecutivos como parte del Congreso de la Asociación Europea de Traductores. Tampoco recordaba mucho de la fiesta de la noche anterior, excepto los tragos de vodka y el hombre del ojo protésico que había terminado en su habitación de hotel. Ilya, ¿verdad? Otro ruso, por supuesto. Tenía debilidad por ellos. Incluso los más brutos habían leído a Chéjov y eran atractivamente pesimistas. Lo que fuese que él y el ruso habían hecho la noche anterior, se lo sentía en las articulaciones.

Ivanito se esforzó para concentrarse en su mesa, "Los peligros de la traducción simultánea". Los otros panelistas eran asombrosamente locuaces, imposibilitándole hablar. Los incidentes que había presenciado como traductor a lo largo de los años eran ridículos, como la vez que el oso mascota de un oligarca ruso se entrometió en su *banya* mientras compartía con funcionarios británicos, o cuando arboristas alemanes se pelearon sobre el conflictivo tema de los escarabajos de abeto (¿quién lo diría?).

—¿Podrías repetir eso? —Ivanito se dirigió al miembro de la audiencia que le había hecho una pregunta.

—Dije que ¿qué haces cuando un cliente habla mal de otro y quiere que traduzcas palabra por palabra?

—¿Estás preguntando si una *mala traducción* puede ser una estrategia deliberada?

—Así es.

—Somos traductores. Canales, nada más. —Las sienes de Ivanito vibraban por la resaca y su halo tintineante—. Traducir lo más exacto posible es crucial para la comunicación. No es nuestro trabajo influir en lo que pase después.

—Pero ¿acaso no somos también traductores culturales? —intervino el panelista italiano con tono hostil—. Nuestra responsabilidad es facilitar la comunicación, no solo ser máquinas de palabras.

Esos paneles eran tan predecibles, pensó Ivanito. Se reciclaban las mismas ideas condescendientes con la franqueza de un estudiante de filosofía de primer año. Pero nadie se hacía relevante tan solo por desear serlo. Si esos traductores estaban tan desesperados por ser el centro de atención, debían de intentar pisar un escenario vacío llevando un vestido de lentejuelas y tacones de aguja. ¡Eso les daría la atención que tanto ansiaban!

—Nos paramos al lado de todo lo importante —continuó Ivanito—, pero se espera que seamos invisibles. Ese es nuestro trabajo.

Y justo era esa invisibilidad camaleónica lo que él más amaba del trabajo de traducción. Podía perderse a sí mismo en el camuflaje de otros idiomas, otras identidades, y en sus posibilidades de reinvención. Tal vez la traducción era solo una forma más respetable de drag.

Los idiomas extranjeros siempre habían sido fáciles para él, como problemas de geometría que nadie más podía resolver. Como creció en la década de los 70 en Cuba, había tomado clases de ruso en la primaria, visto los muñequitos rusos por las tardes y leído las revistas dedicadas a las noticias soviéticas (*Novedades de Moscú, Tiempos Nuevos, Sputnik*). Lo mejor de todo: le encantaba cómo sonaba el ruso. Su primer maestro, el Sr. Mikoyan, había fomentado su talento. "Perfecto ¡Perfecto!", le decía, alabando el deletrear de Ivanito y su acento al recitar un poema. Llegó el momento en que se sintió más en casa leyendo literatura rusa que en cualquier lugar donde hubiera vivido.

Ivanito alternaba con frecuencia entre sus cuatro idiomas, de distintas geografías. El español era su lengua más sensible, reservada para el terreno profundo de la infancia y la poesía de García Lorca (un amor que compartía con su abuela Celia). Decir malas palabras era mejor en inglés, por mucho, gracias a los tutoriales de Pilar cuando era adolescente. El ruso era su idioma por defecto para hablar de la verdad; y no solo de la verdad, sino de la luz interior de la verdad (como había anotado Nabokov). Además, Ivanito adoraba sus intrincadas declinaciones verbales.

El sexo en lugares públicos y la nostalgia le salían más naturales en alemán. A Ivanito le gustaban sobre todo las aglutinaciones como trabalenguas del alemán: conceptos construidos por bloques semánticos separados y unidos. *Lebensabschnittpartner* ("la persona con la que estoy hoy"), por ejemplo, o *Backpfeifengesicht* ("una cara que se merece un puñetazo"), términos útiles cuando hacía *cruising* en Berlín. El alemán tenía un tesoro de sustantivos para hablar de la nostalgia (*die Sehnsucht, das Heimweh, die Wehmut*...), que describían con diferentes matices las complejidades de sus desplazamientos a lo largo de su vida, las cuales le hacían encajar a la vez en todas partes y en ninguna.

Los traductores se alteraban cada vez más a medida que discutían: sacudían los brazos, se soltaban los ganchos de pelo, se quitaban las chaquetas, como anunciando una pelea. Si hubieran llevado guantes, también los habrían tirado, desafiándose a duelo como se hacía antes. (Ivanito pensó en el pobre Pushkin, un duelista repitente, herido de muerte por el amante de su esposa). Y eso que los traductores solían ser un grupo estable, imperturbable bajo presión. Menos hoy. No los había visto tan alterados desde el panel del año anterior, "Perplejidades preposicionales".

El halo de Ivanito resonó más fuerte a medida que se encendían los debates. ¿Se imaginaba que estaba tocando la apertura de la primera cantata de Bach? Después de todo, estaban en Leipzig. ¿O era su madre quien estaba orquestando un altercado más para descarrilar su enfoque? ¿En verdad estaba convencida de que era dueña de su vida, incluso ahora? ¿Y cómo podría ella, incapaz de realizar las tareas más mundanas cuando estaba viva, estar haciendo eso? ¿Todos recibían superpoderes al morir? ¿Se podía elegir los que uno quisiera?

Ivanito se sirvió un vaso de agua de la jarra que estaba en la mesa. El líquido lo refrescó y alivió la sensación de ardor en su cuero cabelludo. Hubiera sido mejor una bolsa de hielo. Recordó algo que el Sr. Mikoyan le había dicho una vez, parafraseando a Pushkin: "Si quiero entenderte, debo estudiar tu lengua oscura". ¿Cómo era posible traducir una sola palabra de un idioma a otro sacándola de su rico significado cultural, fonético, semántico, histórico?

En ningún idioma, pensó Ivanito con tristeza, había las palabras adecuadas para describir cómo se derrumbaba su mundo.

En el tren de regreso a Berlín, Ivanito comenzó a releer *Oblomov*, de Goncharov, que muchos críticos habían calificado de tedioso en extremo. El desdichado héroe de la novela estaba tan inerte que se movió una sola vez en las primeras cincuenta páginas del libro: de su cama a una silla. La falta de acción reemplazaba el conflicto, sin embargo, la historia era atractiva, hilarante, autocrítica, despiadada con la condición humana. En resumen, era rusa por excelencia. Hacía que Ivanito anhelara meterse en la cama y que transcurriera el resto de su vida desesperado bajo las sábanas.

Los bosques de coníferas pasaban volando como sombras, manchas verdes intercaladas con amplios mantos de nieve. He aquí el famoso campo invernal de Alemania, muy lejos de las palmas reales de su niñez tropical. Recostado en el asiento, Ivanito recordaba

un viaje que él y su madre habían hecho a unas cuevas en Matanzas, repletas de peces ciegos. Esas criaturas se habían adaptado
muy bien a un entorno sin luz, algo que él y su madre nunca pu-
dieron hacer.

Igual que ella, Ivanito tampoco creía en utopías ni en ismos
de ningún tipo. ¿Cuándo el poder *no* había devenido violencia y
opresión? Cada sistema político aprisionaba el lenguaje, prohibía
el pensamiento independiente, limitaba el significado a consignas.
Desde los rígidos dogmas de la Revolución Cubana, con sus pro-
nunciamientos homofóbicos y sus campos para "degenerados", hasta las difamaciones capitalistas de su tía Lourdes contra todo lo
ruso. ¡Su tía incluso llegó a denunciar a Dezik y Tsygan, los primeros perros espaciales soviéticos!

Para Ivanito, Gogol tenía mucho más que decir que Marx.

Compró dos cajitas de leche al vendedor ambulante del tren. La
leche había sido una rareza en Cuba, reservada para las madres lac-
tantes y los pequeños. De muchacho, le habían asignado ordeñar
las vacas en el establo de su beca, en las afueras de San Antonio de
los Baños. Le gustaba la paz de ese lugar: la lechuza de las vigas,
buscando ratas; la nata de murciélagos frugívoros que se desenro-
llaba al anochecer; las ubres productivas de las vacas llenando hasta arriba su cubo de aluminio. Con frecuencia, Ivanito apuntaba
un chorro de leche tibia a su boca.

Pero fue en ese establo donde el abusador José María Fugaz y
sus lacayos lo asfixiaron hasta dejarlo casi inconsciente. Luego lo
tiraron boca abajo en el heno sucio y le bajaron los cortos pantalones rojos de pionero. Las vacas desconcertadas mugían mientras
estos se lanzaron sobre él, cada uno más rudo que el otro, abrién-
dolo en dos. Le metieron a la fuerza sus pingas, duras y gruesas
como tallos de cañas de azúcar. Ivanito casi se desmaya del dolor.
Intentó imaginarse la nieve cayendo en frías oleadas a su alrededor, y a fuerza de voluntad flotó por encima de su cuerpo, como
un copo de nieve rebelde contra el resto de la ventisca.

Cuando por fin Fugaz se cerró los pantalones, escupió a Ivanito, asqueado por su sumisión. Entonces él y los otros muchachos le metieron puñados de heno en la boca, advirtiéndole que no dijera nada si no quería más de lo mismo. "Huevón. Maricón. Pato de porquería", dijeron antes de irse, riendo y bromeando. Era febrero, e Ivanito podía oler el tabaco de los campos de los alrededores, listo para ser cosechado. Los bordes afilados del heno le cortaron la boca y unas astillas de vidrio le cortaron una rodilla. Sus ojos ardían de tanto contener las lágrimas.

Después del suceso estuvo a punto de ahorcarse. Acomodó con cuidado el taburete, el cinto, la soledad. (Un estudiante de último año ya se había ahorcado en el almacén de herramientas un mes antes, de modo que el camino estaba marcado). La imagen de la cara de su madre fue lo único que le impidió patear el taburete. Tenía seis años.

Al final de la tarde, el tren se detuvo en la estación del jardín zoológico de Berlín. Cuando Ivanito se mudó allí en 1992, después de un agotador viaje en tren de dos días desde Moscú, ese era un lugar salvaje, un campamento para fugitivos. Con la caída del muro, miles de jóvenes de todo el mundo habían inundado la ciudad para reimaginar sus vidas. Ivanito se unió de inmediato a una comunidad, un grupo de extraños como él, que se habían apoderado de un edificio abandonado en Mitte. Muchos sobrevivían vendiendo pedazos cincelados del muro a los turistas en Potsdamer Platz.

Todos los días, él y sus compañeros ocupas (punks, artistas, travestis, drogadictos, hasta uno que se parecía al Che Guevara) buscaban comida, tesoros en depósitos de chatarra, algo que improvisar con cualquier cosa, desde inodoros hasta generadores. El mayor hallazgo de Ivanito fue una bañera de aluminio de la era soviética, de los años setenta, la cual se convirtió en la propiedad insigne de la comunidad. Otro hallazgo preciado fue un letrero de neón verde que decía APOTHEKE (FARMACIA) y que él logró revivir con electricidad robada de forma ilegal.

Por la noche, Berlín estaba repleta de entusiastas fiestas: teatro de improvisación, *raves*, espectáculos drag, arte performance, discotecas (como la Wunderbar y la Tresor), drogas (éxtasis, metanfetamina, ketamina, LSD) y una asombrosa variedad de festivales depravados para elegir (sadomasoquismo, fetichismo, asfixia erótica en el Cabaret O$_2$). El único principio era *Vor allem Freude!*, placer por encima de todo. Solo escaseaba el dinero. Ivanito compraba ropa por peso en tiendas de segunda mano y comía suficiente sopa de lentejas en la comunidad como para mantenerse crónicamente flatulento.

La ciudad había sido construida sobre tierras pantanosas y ruinas de guerra, pero a Ivanito le parecía mucho menos apocalíptica que ciertas partes de La Habana, que se estaban cayendo por el abandono de la Revolución. Y eso que no había ocurrido un gran conflicto en las costas de Cuba desde las Guerras de Independencia, a no ser que se contara la invasión a Bahía de Cochinos. Pero ese fiasco se había desarrollado lejos de la capital y solo había durado cuarenta y ocho horas. De hecho, su propia madre fue llamada para luchar en la Ciénaga de Zapata y le otorgaron un rifle que no tenía ni idea de cómo usar.

Ivanito pronto se cansó de la escasez económica de Berlín, le recordaba al bizantino sistema de intercambio de bienes en su isla, así que aceptó un trabajo de traducción en un banco alemán. El salario le permitió mudarse a Charlottenburg, en el lado occidental de la ciudad, y solidificar sus finanzas tras años de miseria. El apartamento que eligió era tan burgués como se podía imaginar, con empapelado de terciopelo a rayas y una habitación de vestidor. Fue un alivio vivir en un solo lugar después de estar mariposeando de un país a otro.

Durante los siguientes siete años, Ivanito coleccionó con meticulosidad muebles de la Bauhaus, porcelana de Meissen y artículos importados del Período Especial en Cuba, que compró con grandes descuentos. Prefería objetos con una vida auténtica en lugar de falsificaciones históricas. Objetos que fueran testimonios de su edad, esos nunca mentían. ¿Su adquisición más preciada? Un armario de caoba con espejos, de la década del 20, que supuestamente había pertenecido a un elegante hotel de La Habana, y que parecía contener el tiempo en sus contornos. Cómo algo tan grande y desgarbado terminó en Berlín era un misterio.

Sin embargo, lo que hacía que Ivanito se sintiera como en casa fue su jungla de plantas tropicales: árboles de hule, *philodendrons*, una planta ornamental cubana (*Brunfelsia nitida* o galán de noche), lirios de paz, sábila, begonias, innumerables helechos, su bambú de la suerte y dos orquídeas de pantano. Cada planta requería un cuidado específico: ventilación, atomización, cambiarle la tierra, incluso nutrición mediante horas de música clásica. *Così Fan Tutte*, de Mozart, parecía animar a muchas de las plantas.

La pequeña jungla lograba que no perdiera del todo sus raíces isleñas. Asimismo, las plantas necesitaban una buena dosis de calefacción en invierno, por lo que Ivanito pagaba un monto mensual extra a su casera, una gruñona viuda de guerra con marcado acento berlinés y peste a naftalina. Valía la pena cada centavo. Su trabajo más reciente es traductor independiente y profesor adjunto. A veces hay poco trabajo, pero se siente mucho mejor que trabajando en aquel banco embrutecedor.

Hacer drag fue la guinda del pastel.

De camino a casa, Ivanito pasó por un KaDeWe para recoger un labial en la tienda de cosméticos de su amiga. En su juventud, Dagmar Trapp se daba un aire a Eva Braun, la última amante de Hitler, parecido que cultivaba gracias a sus rizos al nivel de la barbilla y sus dos terriers escoceses. Dagmar se casó con tres hombres, uno detrás del otro, cada uno de los cuales había profesado la euforia de ponerle los cuernos al Führer póstumamente. Esos maridos la habían dejado cómoda para el resto de su vida.

—Ahora, no te muevas —dijo Dagmar, aplicándole delineador líquido—. Esta es la parte más difícil.

Detrás de sus gruesos espejuelos ojo de gato, los ojos de Dagmar parecían *guppies* en una pecera. Sin embargo, sus manos eran firmes para una mujer de su edad (como de setenta años, supuso). Luego, Dagmar le puso una capa doble de rímel con volumen a las pestañas de Ivanito y examinó el resultado.

—¡Perfecto! —dijo, echando para atrás el cabello de Ivanito—. ¡Ay, pero tu cabeza está hirviendo! Piensas mucho, mi amigo.

Ivanito no esperaba que ella lo maquillara, pero estaba feliz con los resultados, algo estimulante después de aquel desalentador congreso de traducción. Valoró si contarle a Dagmar sobre su halo, pero decidió no hacerlo. ¿Para qué complicar la relación?

—Entonces, ¿cuándo es tu próximo show? —le preguntó ella, y deslizó una muestra de perfume francés en su bolsillo.

—En junio. Serás la primera en mi lista de invitados.

—*Sicher, Liebe* (Claro que sí, mi amor).

Se dieron un beso de despedida tratando de no arruinar el maquillaje.

Ivanito dejó la maleta en casa y se dirigió a su lugar habitual para ligar en el Tiergarten. Tuvo sexo con un hombre seductoramente huraño afuera del baño de hombres. También era el prototipo de Ivanito: alto, más de un metro ochenta; algo escuálido, pero definido; el pelo muy corto, casi a ras con el cuero cabelludo; ojos pálidos líquidos como los de su bailarín ruso. Llevaba una margarita en el ojal de su chaleco, un lindo detalle en contraste con el cuero remachado.

Todo se coordinó con una mirada. Ni nombres, ni palabras, ni besos. Todo eso estaba prohibido. Ivanito prefería ser el que recibía. El desconocido lo puso de cara contra la pared, en la parte de atrás del edificio. Había cristales rotos bajo sus pies. ¿Se estaba imaginando el sabor del heno? A tientas se tocaron los cintos, se abrieron los zíperes y el hombre se puso el preservativo, protección requerida. Luego vino la saliva untada, la feroz separación de la carne y la dura embestida que los hizo sentir completos.

2

Irina del Pino

Berlín

Fue un frenético día de inauguración en la reluciente fábrica de ropa deportiva de Irina, en el barrio Scheunenviertel de Berlín: recorridos VIP por la fábrica, una rueda de prensa matutina, la ceremonia de cortar el listón junto a un lascivo embajador ruso. Las mejores tiendas de la Unión Europea (KaDeWe, Galeries Lafayette, Harrods, La Rinascente) ya estaban haciendo avalanchas de pedidos. Y la revista *Stern* dedicó dos páginas esa semana a Irina, bajo el titular ¡LA EMPRENDEDORA MÁS SEXY DE RUSIA! Algo que la abochornó.

Después de las festividades, Irina se puso su abrigo de armiño y fue a dar un paseo por el río Spree. Ferris y remolcadores surcaban las aguas con aire majestuoso. Era inicios de un marzo húmedo, crudo y gris. Sin embargo, allí se sentía mucho más cálido que en Moscú. Irina le compró un kebab de cordero a un vendedor junto al río. Cuando se sentó en un banco, una mariposa atalanta se posó en su muslo. Le recordó las salidas a buscar setas que hacía con su madre por los bosques pantanosos en las afueras de la capital rusa. Por supuesto, su madre de la *infancia*, pues para cuando Irina fue expulsada de la secundaria por besarse con otras chicas ya Maminka se había ido de voluntaria a la guerra en Afganistán, dejando atrás su trabajo como enfermera, que no tenía mucho futuro, y su desastroso matrimonio.

Sus palabras de despedida fueron "No puede ser peor que el ínfierno de esta casa".

Unos cuervos encapuchados se juntaron en lo alto de un tilo, como músicos vestidos de etiqueta que toman un descanso. Irina levantó un brazo como si fuera un director de orquesta, pero los cuervos no se movieron. Apenas conocía Berlín, solo los alrededores del Hotel Adlon, donde ya llevaba tres semanas. Las grúas amarillas que veía a lo lejos señalaban el este, donde se construía la interminable unificación.

¿Cuántas fronteras habían caído durante su vida? El muro de Berlín, los vastos límites de la Unión Soviética, la disposición cambiante de lo que fue el antiguo bloque soviético. Nada duraba para siempre. No pasa nada.

Irina terminó su kebab de cordero. El sonido de un acordeón lejano la atrajo río abajo. A un kilómetro de distancia descubrió casi un centenar de mujeres bailando tango en una carpa abierta. Giraban de un lado a otro con sus torsos majestuosos inmóviles, mientras hacían su intrincado juego de pies sobre la platea portátil. A la vez que ostentaban sus piernas tonificadas, parecía que las bailarinas estaban jugando a huir con sus mitades superiores. Irina estaba fascinada ante el brillo carnal de sus cuerpos, los colores cambiantes del crepúsculo y los claveles rojos esparcidos sobre las mesas de plástico.

Encendió un cigarrillo con una boquilla dorada y expulsó lánguidamente el humo por un lado de la boca. Un cuarteto de mujeres compuesto por una violinista, una pianista, una bandoneonista y una cantante tocaba un quejumbroso lamento:

Igual que aquella noche tan lejana
Es esta de mi amarga soledad...

Una marimacha robusta y de modales suaves que estaba con una mujer de dientes separados y vestido apretado le tiró un beso a Irina. Otra, en un traje de gamuza carmelita, se le insinuó directo.

—*Komm mit mir weg, Liebling* (Ven conmigo, querida).

La intrigaba el movimiento de la mujer, distinto al de las esgrimistas que había conocido, pero era demasiado pronto para entregarse a las aventuras eróticas de la noche.

—*¿Wo sind wir?*—le preguntó a la cantinera trans.

El alemán de Irina le servía al fin para algo. Durante un año había tomado clases con un tutor privado en casa.

—Tangolandia —dijo la cantinera, que se presentó como Trudi—. ¿No conocías? Todas son campeonas aquí.

Trudi le señaló a una bailarina con una oreja vendada y le susurró a Irina que la pareja de esta, la que tenía una sirena tatuada en la cara, le había mordido la oreja en un ataque de celos.

Irina pidió una cerveza y metió una propina de diez marcos en el delantal de Trudi. Luego se acomodó para observar el baile. La mayoría de las parejas encarnaban los estrictos roles de género; unas pocas adoptaban expresiones más relajadas. Y aunque la pista de baile estaba abarrotada, cada pareja mantenía una distancia perfecta de las otras. El efecto era hipnótico, caleidoscópico. Si pudiera abrir un club queer como ese en Moscú, haría otra fortuna.

La cerveza estaba tibia. En otras circunstancias, Irina se habría quejado, pero ese no era un día para quejarse. Su empresa de ropa deportiva había sido un éxito y pronto Caress se convertiría en un nombre familiar en Europa. Aunque la economía rusa estuviera en crisis, ella esperaba que la Vieja Guardia y los Noví Ruski resolvieran sus batallas políticas por el bien de los negocios. Quizás el nuevo presidente, Vladimir Putin, arreglaría las cosas. Cualquiera era mejor que el cretino Yeltsin.

No había lugar para lo irracional en la vida de Irina, así que lo que vio a continuación le robó el aliento. Al otro extremo de la pista de baile, una réplica exacta de ella misma le devolvía la mirada. La desconocida vestía un traje de marinero y llevaba una gorra que ocultaba la mayor parte de su cabello, corto y ondulado. Pero su composición general de carne y hueso era idéntica a ella. ¿Era un producto de su imaginación? ¿Fatiga? ¿Cuál era la palabra alemana para esa anomalía?

—*Doppelgänger* —dijo la marinera, ahora de pie frente a ella. Extendió su mano como tratando de alcanzar a Irina desde las profundidades de un espejo—. Baila conmigo, *Liebe*.

—No puedo.

Al contacto con la mujer, una llama recorrió el brazo de Irina y se instaló en su clavícula cual carbón encendido. Sin decir palabra, siguió a su gemela a la pista de baile.

—No tengas miedo —murmuró su *doppelgänger* mientras sus frentes duplicadas se fusionaban—. Apóyate en mí. No dejaré que te caigas.

¿Era posible bailar con una misma? Irina se lastimó la cadera por el esfuerzo, y tropezó con los pies. Su excelente equilibrio de esgrimista fue de poca ayuda. Las gemelas acercaron sus caras lo más posible, pero sin besarse, aunque fuese tentadora la idea. La confusión y la atracción eran irresistibles. Cuando era estudiante, Irina solía practicar sus besos con un espejo de mano, fantaseaba que otra hermosa compañera de clase le devolvía el beso.

—¿*Bist du meine Schwester*?

El acento de Irina era fuerte. La *doppelgänger* sonrió y le respondió en ruso.

—¿Quién más podría ser?

Se acomodaron en una mesa vacía y pidieron una botella de vino de la Patagonia. La luz de la luna iluminaba sus frentes altas, sus gestos reflexivos. Las bailarinas de tango pasaban junto a ellas como una neblina seductora, pero las gemelas estaban demasiado hipnotizadas con ellas mismas como para darse cuenta. Cuando Irina miraba a la izquierda, Tereza miraba a la derecha, apoyando las barbillas en las palmas opuestas como si fueran el sépalo de una flor. Eran gemelas idénticas. *Neveroyatnyy!* (¡Increíble!).

—¿Cuándo es tu cumpleaños? —preguntó Irina.

Su hermana dudó antes de responder.

—Temo que el mismo día que el tuyo.

—¿El 9 de mayo de 1971?

Estaban atónitas como para hablar.

—¿Dónde? —Irina preguntó por fin.

—Praga.

—¡Maldita sea! —Sintió como si la plancha soviética de su madre le estuviera presionando el pecho—. ¿Por qué solo nos conocemos ahora?

—O ¿cómo nos separaron? —Tereza también estaba indignada—. Y ¿por qué?

—¿Quién tiene la culpa de esto?

Hablaron en un torrente de alemán y ruso, tratando de reconstruir sus historias: quién estuvo dónde, cuándo y con quién. ¿Había una remota posibilidad de que se hubieran conocido antes de esta noche? ¿O este encuentro accidental era todo lo que tenían?

Tereza, archivista, creció en el Berlín Oriental. Creía que su padre era argentino, un organizador sindical que había conocido a su madre alemana en Praga. Irina insistió en que su padre era cubano y que había conocido a su madre checa en Praga el mismo verano. En Moscú tenía la fotografía de Javier del Pino cargándola de pequeña. ¿No era prueba suficiente?

Cerca de la medianoche, las gemelas regresaron a la pista de baile para una última milonga. Su torpeza inicial poco a poco devino una fusión de sus tórax, de sus miembros entrelazados, hasta que Irina ya no podía decir dónde terminaba su cuerpo y dónde comenzaba el de su hermana.

3

Ivanito Villaverde

Berlín

Llegado el mediodía, Ivanito ya estaba hundido en su segunda taza de café. Una tenue luz se filtraba a través de las cortinas. ¡Cuánto habían entristecido estos días de marzo a su espíritu! Estaba ansioso, desconcentrado, presa de una parálisis progresiva y atrasado en su trabajo. Docenas de páginas estaban esparcidas sobre la mesa de su cocina: poemas de Tsvetaeva que estaba traduciendo del ruso al español para una editorial en Madrid, planes de lecciones para su curso de Fundamentos de traducción en la Freie Universität, pliegos con terminología de ingeniería para una próxima conferencia en Potsdam.

Desde la última visita de su madre, Ivanito no había comido ni dormido bien. Llevaba semanas encerrado en su apartamento, demasiado destrozado como para hacer algo. Demacrado, sin dormir, malhumorado, era un manojo de nervios. Había estado fuera de sí durante tanto tiempo que ninguna rutina parecía servirle. Si tenía hambre, comía. Si estaba inquieto, caminaba. Si estaba triste, tocaba música. Incluso su pequeña jungla de plantas estaba languideciendo, como si reflejara su desesperación.

Cada vez que Ivanito se atrevía a mirarse en un espejo, su halo parecía más hundido en su cráneo. Y no hallaba alivio a su aplastante presión ni a las migrañas intermitentes. La última lo había obligado a cancelar su aparición en la Mean Queen Drag Competition, que había ganado sin problemas el año anterior, interpretando el "Ich Bin Die Fesche Lola", de Marlene Dietrich, de *Der Blaue Engel*.

¿Dónde estaba su madre? ¿Por qué había trastornado su vida, solo para desaparecer de nuevo? ¿No se suponía que los fantasmas tenían una misión, como el padre de Hamlet? ¿O ella se sentía sola y solo había buscado compañía? ¿No había partidos de dominó para entretenerla en el más allá? ¿La eternidad se le estaba haciendo aburrida? ¿Había agotado a los otros fantasmas? Ivanito imaginó a su madre vagando en lo alto entre nubes eternas, como el silbido de una flecha apuntando a sus ojos. De lo único que estaba seguro era de que había estado ligado a su madre en vida y ahora, aparentemente, en la muerte.

Ivanito se sirvió un vaso de leche tibia para aliviar su estómago. Desde el congreso en Leipzig, había perdido dos contratos, uno con la Sociedad Biofísica Alemana y otro con los Hoteleros de Baviera, debido a negligencia profesional. A la vez, sus estudiantes de traducción se quejaban con el decano de sus erráticas ausencias. También perdería ese trabajo si no tenía cuidado. Con tal de llegar a fin de mes, aceptó con humildad escribir una guía turística multilingüe para la Catedral de St. Hedwig. *Scheisse* (Mierda).

Para consolarse, Ivanito se maquilló meticulosamente, se puso su mono de lamé dorado hecho a la medida y se ató un par de plataformas de Lucite. Se sentía más visible disfrazado de otra persona. Un espectáculo drag exitoso era algo frágil, una fantasía en la cuerda floja. Un movimiento en falso, ya fueran los zapatos de una época equivocada, un lunar mal ubicado, un zíper donde debería haber botones, y la ilusión se desvanecía. Él había dedicado mucho tiempo a copiar los atuendos icónicos de sus divas con la ayuda de la mejor costurera de Mitte. No era barato, pero el resultado final era sobrecogedor. ¿Por qué conformarse con menos?

Para su próximo estreno, Ivanito planeaba encarnar a La Lupe, la volcánica cantante cubana de los años sesenta y setenta. Los fanáticos habían adorado a la diva por su estilo histriónico sin restricciones. En el escenario, lloró, gimió, gritó obscenidades, se tiró del cabello, se mordió, se rascó la cara, se rasgó la ropa, se agarró los senos, arrojó sus zapatos al público o los usó para golpear a su pianista. Cuando su primer esposo comparó su baile con un ataque epiléptico, se divorció de él.

A fines de los años cincuenta y principios de los sesenta, La Lupe encabezaba los clubes nocturnos de un extremo a otro de Cuba. Todos la llamaban loca. Loca de remate. Su sexualidad atrevida incluso amenazó a El Líder, quien cerró su club en La Habana y le confiscó su Cadillac. Así que La Lupe emigró y se convirtió en una estrella más grande en Nueva York. Pero en los ochenta la diva estaba empobrecida y vivía en el Bronx, herida por las traiciones en el mundo del espectáculo y lisiada tras caerse de una escalera mientras colgaba sus cortinas (¡el mismo destino que Iván Ilych, de Tolstói!).

La Ivanita se roció generosamente con Gardenia, el perfume favorito de la diva. Para encarnar completamente a La Lupe tenía que saber todo de ella, desde su apodo (la Yiyiyi) y prototipo de hombre (rufianes violentos y atractivos) hasta su gesto más característico (darse una palmada en el culo al final de cada función). La Ivanita bailó en sus plataformas al ritmo de "Este mambo" y luego cambió de forma abrupta el ambiente con "La Tirana", un bolero teatral con el que sincronizaba sus labios:

> *Según tu punto de vista*
> *Yo soy la mala...*

—¿Qué haces? —Una voz en tono bajo emanó del pasillo.

Ivanito se estremeció y entonces vio a su madre en el espejo art nouveau.

—¡Por dios, mami! ¡Me mataste del susto!

—Lo siento, corazón —le dijo, tosiendo delicadamente en su muñeca.

Su rostro era gris como una ostra. ¿Eso entraba dentro del rango de lo normal para un fantasma?

—¿Estás bien? —Ivanito se le acercó—. ¿Dónde has estado?

—En Bielorrusia.

—¿Qué hacías allí?

—¿Qué hace cualquiera en cualquier lugar? —Su madre salió del espejo y le acarició la mejilla con una mano helada. Su cabello era un desastre, como un nido de pájaro—. Déjame decirte, no entendí ni una palabra de su idioma. No soy polígrafo como tú.

—Querrás decir políglota.

—Como sea. Todo este viaje me tiene cansada.

Ivanito le echó un mejor vistazo a su madre. Esta vez tenía casi su tamaño natural y vestía una bata andrajosa con bolsillos y un pañuelo de algodón. Sus pies lucían apretados en unos tacones viejos e incoloros. Su mandíbula se veía caída, como si se hubiera salido de la bisagra, y sus dientes estaban más amarillos de lo que él recordaba. Nada en ella tenía corte de fantasma, glamur o misterio, sino de guajira pura.

—Tu español se oye cómico —dijo ella.

—¿Cómico en qué sentido?

—Como estirado, como si ya no fueras de Cuba.

—Bueno, ya no soy de Cuba.

—¡Pero es tu lengua materna!

No le respondió. La lengua materna de su madre era limitada y melodramática. El español de Ivanito era mucho más rico.

—¡Ay, parece la Sierra Maestra aquí adentro! —su madre examinó el denso follaje—. ¿Cuándo hiciste esto?

—Siempre he tenido estas plantas.

—No me había dado cuenta. —Su madre se acomodó en el sofá, se quitó los zapatos y se masajeó los pies sucios e hinchados—. ¿Has tenido noticias de tus hermanas?

—Solo hablo con Milagro de vez en cuando.

—Deberías intentar ser más cercano a ellas.

—¿Por qué?

—Porque somos familia.

Ivanito se puso a la defensiva.

—¿Cuándo fue la última vez que hablaste con ellas?

—No es tan fácil —dijo su madre, tocándose los dedos de los pies—. Pusieron una pared de ladrillos que no puedo penetrar. Nunca me necesitaron.

—Ha sido así desde la infancia.

Sus hermanas mayores eran un tema delicado. Luz y Milagro, gemelas, no tenían nada en común con nadie más que con ellas mismas. Era como si hubieran caído en su familia por accidente. Ivanito y las gemelas se parecían a tal punto que solo podían ser hermanos. Compartían las extremidades desgarbadas y los torsos cortos, como si les faltaran costillas.

—Hablar de ellas me deprime, mijo. No me entienden como tú.

Naturalmente, su madre no consideraría que bien podía haberse esforzado por comprenderlas a ellas. Pero cambió el tema.

—¿Sabes qué?, me vendrían bien algunas ropas más bonitas.

Parecía que le reprochaba, como si él fuera el culpable de su lamentable estado.

Ivanito entendió su angustia, pues él también odiaba cuando no lucía bien, así que la llevó a su vestidor. Obviamente, ella gravitó hacia los atuendos más extravagantes, examinándolos con un movimiento de su dedo: la lujosa capa con ribetes de visón, uno de los tocados de plumas con que Celia Cruz había actuado en el Carnegie Hall, un vestido de chifón azul pastel hasta el suelo.

Por fin, su madre se decidió por un vestido esmeralda muaré con mangas acampanadas y una peluca color platino estilo *beehive*. Encantada con lo que llamó su "look completo", dio un salto en el aire llena de autoadmiración y se dirigió a saquear el joyero de Ivanito. Se apropió de unos aretes de presión con rubíes falsos, una diadema de cuentas y un puñado de anillos llamativos.

El veredicto de Ivanito: lucía como un maldito árbol de navidad.

—Si quieres, puedo ayudarte a actualizar tu estilo —le dijo con diplomacia.

Su madre lo ignoró. Ni siquiera comentó sobre la apariencia llamativa de Ivanito. Siguió buscando en lo más escondido del armario y, para disgusto de él, encontró su colección de látigos de cuero flexible, sus sogas de seda y un estuche forrado de terciopelo con instrumentos diseñados para el sadomasoquismo. Cogió su *gato de nueve colas* (látigo) por el mango grueso estriado y lo azotó con vigor.

Con nostalgia, le pareció a Ivanito.

Ivanito recordó lo que le contaban sus hermanas sobre los ataques violentos entre sus padres: ojos morados, labios partidos. Ellos se habían separado meses antes de que él naciera.

—¿Tienes té de manzanilla? —preguntó su madre con dedos temblorosos.

Un momento: ¿Ella se acababa de meter en la boca un anillo de zafiro?

Ivanito puso a hervir el agua. Su madre se tendió en el sofá y se quedó dormida, quizás debido a sus viajes o al trabajo que pasó con la ropa, no estaba seguro. ¿No le había dicho que ella no necesitaba dormir? Ivanito se sorprendió de que los fantasmas pudieran cansarse. ¿No era lógico asumir que tenían una energía ilimitada? ¿Había alguna ventaja en estar muerto? Ivanito sostuvo el té debajo de su nariz hasta que balbuceó.

—No es de verdad.

—¿De qué estás hablando?

—El anillo de zafiro. Es falso.

—Ah, bueno. —Su madre se lo sacó de la mejilla sin pedir disculpa, sin saliva. Luego tomó un sorbo de té en la taza de porcelana antigua y lo miró fijo—. ¡Qué deslumbrante!

Carajo. ¿Cómo se le había olvidado su halo?

—¡Quítame esto ahora mismo! ¡Está destruyendo mi vida!

—Está ahí para poner las cosas en perspectiva.

—¡Me está aplastando el cráneo! ¡No puedo hacer nada!

—Nada de lo que estás haciendo es importante. —Su madre sonrió como si le hubiera hecho un cumplido.

—¿De qué estás hablando?

—Tú no perteneces aquí.

—¡Pero es mi vida!

¿Dónde le gustaría a ella que él viviera entonces? Berlín era el único lugar que Ivanito podía tolerar después de que todos sus mundos se hubieran derrumbado: Cuba, Nueva York, la Unión Soviética.

—*Nuestra* vida, mi cielo. Siempre hemos sido uno. Solo estás a salvo conmigo.

Su madre era igual muerta que viva: incorregible, caprichosa, egoísta.

—¿Puedes al menos decirme dónde estás?

—La geografía no significa nada donde estoy.

—¿Hay un infierno?

—Solo en la Tierra. —Su madre se inclinó hacia él, con la peluca torcida—. Y eso es muy peligroso para mi hijo. Ahora baila conmigo.

Ivanito se echó para atrás.

—No quiero.

—¡Pero todo hace sentido cuando bailamos!

Su madre comenzó a cantar y a bailar sola, tentándolo a unirse a ella. *Quieres regresar, pero es imposible. / Ya mi corazón se encuentra rebelde...* Era la canción de ellos, "Corazón rebelde", de Benny Moré. Ivanito se la sabía de memoria, hasta las distorsiones del disco rayado que ella había puesto sin cesar aquel verano de cocos.

—No voy a ir para atrás.

—Entonces ve para alante. Conmigo.

—Espérate, mami, tú *elegiste* morir.

—Yo no diría que fue mi elección. —Y siguió bailando al ritmo del viejo bolero.

—¿Entonces de quién fue la decisión?

Otra vez, ella extendió las manos a modo de invitación, pero Ivanito la rechazó.

—Diría que fueron muchas cosas, mijo. Es cierto que perdí las ganas de vivir. Pero tampoco hice algo para acabar con mi vida. No como aquella vez.

Ivanito contuvo las lágrimas.

—Era un niño.

—Por eso no podía dejarte solo. ¿Quién te hubiera cuidado?

Ivanito recordó aquel día sofocante en que su madre les había servido tazones con helado de coco salpicado con trocitos de pastillas rosadas letales. Fue una suerte que él se encontrara demasiado sonso como para comer mucho. Se miraron por un momento sin rencor ni miedo.

Era tentadora la idea de rendirse a ella como había hecho cuando niño. Ella le había explicado una vez que la fuerza vital de cada persona se reciclaba en el universo cuando moría. Que los muertos se convertían en *eggun*, ancestros que guiaban a los vivos. Si eso era verdad, ¿cómo es que ella lo quería ver muerto?

—Ni modo, precioso. —Su voz era un dulce elíxir—. Regresa a casa.

—Estoy en casa.

El ánimo de su madre cambió de forma abrupta. Dejó de bailar y emitió un pequeño ladrido salvaje. Un curioso escalofrío recorrió el sistema nervioso de Ivanito. Temía que ella fuese capaz de..., tenía un poder perenne sobre él.

—¿Entonces viniste a matarme?

—¡Ay, qué lenguaje tan violento! —Con cautela, su madre le echó un vistazo más de cerca—. Piensa en todo lo que nos ha pasado, corazón. ¿De verdad necesitábamos sufrir por separado y de manera tan terrible? Éramos mucho más felices juntos.

—No, mami. Soy más feliz ahora. Por mi cuenta.

Ivanito extendió sus brazos abiertos, como diciéndole "¡Mira a tu alrededor! ¿No te parece suficiente?".

—No lo parece.

—¡Pues ya no eres el árbitro de mi vida!

Él podría discutir con ella en cuatro idiomas, pero su madre solo entendería lo que ella quería escuchar. Incluso muerta, ella esperaba que él fuera solo lo que ella necesitaba.

—La muerte todavía te atrae.

—¿Eso es lo que viniste a decirme?

—Te estoy ofreciendo la paz. La paz eterna.

—¡No me lo puedo creer! —Ivanito quiso sacudir sus hombros fantasmales, arrancarle los aretes de rubí falso, despojarla de las galas prestadas—. Entonces, ¿me estás diciendo que quieres terminar el trabajo fallido de cuando tenía cinco años?

Su madre lo miró fijo, con el rostro distorsionado por el sufrimiento. Ivanito conocía la expresión. La misma que hacía que le dolieran las costillas de culpa cuando era un niño pensando que no era un buen hijo, que no podía salvar a su mamá de sí misma. ¿Por eso es que lo atormentaba con el maldito halo? ¡Eso era más de lo que él podía soportar!

—Lo siento, mami. —Ivanito se desabrochó los zapatos de plataforma y se acomodó junto a ella en el sofá—. Por favor, quédate. Hay tanto que necesito saber.

Ansiaba hacerle preguntas, indagar sobre los perniciosos rumores. ¿Era cierto que lo habían becado *porque* ella había intentado envenenarlo? ¿Era verdad que ella había matado a un mecánico de circo en Matanzas? ¿Por qué había desfigurado el rostro de su padre con aceite hirviendo? Ivanito había visto a su papá una sola vez: metido en la cama con una puta enmascarada, en una habitación de hotel destartalada junto al muelle de La Habana.

Pero esa era otra historia.

—La cosa no funciona así. —La voz de mami se desvanecía como un soplo de viento.

—¿No puedo hacerle preguntas a mi propia madre muerta?

—Es hora de que nos reunamos.

—¿No podemos reencontrarnos dentro de cincuenta años? ¿Después de que haya tenido una vida propia?

Comenzaron a volar chispas alrededor de la cintura de su madre, luego se elevaron y rodearon su cuello como una gargantilla de fuego. ¿Estaría haciendo cortocircuito?

—Te espero, mijo —suspiró, alejándose hasta que no fue más que un pinchazo de llama, una bocanada de aire, dejando un profundo vacío tras su estela.

Ivanito permaneció inmóvil durante horas, observando los autobuses locales que se dirigían a Bismarckstrasse. Una sombra siniestra se arrastró sobre sus begonias. El crepúsculo llegó envuelto en velos, ocultando apenas el pasado, conectándolo con reviviscencias, Kriegsrückblicke, de la Segunda Guerra Mundial. La mujer judía que su marido tuvo que esconder en un sarcófago en Berlín. El piloto de la Luftwaffe drogándose con Pervitín antes de su siguiente misión de bombardeo. Los prisioneros colgados por las muñecas en el "bosque cantor" de Buchenwald.

Al caer la noche, los tejados de Charlottenburg se ennegrecieron y las ventanas brillaron con las luces azules de la televisión. El reloj de pie de cristal cromado de Ivanito marcaba las horas sin piedad. Ya no había malentendidos en torno a las intenciones de su madre. Si ella estaba decidida a atraparlo con su artimaña de "paz eterna", entonces ¿qué le quedaba a su futuro? ¿Podría luchar contra la corriente de su pasado? ¿Luchar contra ella y ganar?

Ivanito se quitó el maquillaje y se desabrochó el mono de lamé dorado. Se sacó la peluca y las pestañas postizas, ya no era La Lupe. Completamente desnudo, se paró frente al armario de caoba con espejos de la lejana Habana. Cuán pequeño y pálido se veía sin sus atavíos de diva, como un caracol separado de su caparazón. Se echó un poco de agua de violetas en las muñecas e inhaló su olor reconfortante. Después de las violaciones, Ivanito se había obsesionado con la flora tóxica. Imaginándose a sí mismo como una Venus atrapamoscas, vencía a sus enemigos con su ano. Se había convencido a sí mismo de que si estudiaba lo suficiente, si se convertía en el mejor traductor, en el mejor en todo, el éxito desterraría su humillación. Pero esta acechaba en las sombras como telarañas de su conciencia, esperando estallar y abrumarlo. Era como albergar un campo minado dentro de él.

Ivanito sospechaba que había sido el exceso de intimidad con su amante ruso lo que había augurado su final amargo. Se arrepentía de haberle dicho a Sergei sobre las violaciones (la única persona a la que se había atrevido contarle), sobre el miserable laberinto de deseo y humillación que esos abusadores le habían creado. Pero, en lugar de mostrar compasión, Sergei se molestó, le cuestionó por qué Ivanito no había peleado *como un hombre*. ¿Pelear contra sus agresores, que podrían haberlo matado y enterrado su cuerpo de niño en un campo de tabaco?

Definitivamente no había sido el desliz de Sergei con la bailarina lo que terminó su relación, sino el desprecio de este por Ivanito. Qué sabía su examante de derrota. En el escenario bailaba como un príncipe, tenía poderes mágicos, asesinaba a sus enemigos con espadas de madera pintadas. Todo sin un pelo fuera de lugar. Así, angustiado por el final de su aventura y el desmantelamiento de un país que él había amado (al menos por su literatura), Ivanito se fue de Rusia para siempre.

En el interminable viaje en tren de Moscú a Berlín, releyó cuentos de tema ferroviario de la literatura rusa del siglo XIX. El trágico destino de Platonov, maestro de Chéjov. Las descripciones rapsódicas de Turgenev sobre los viajes por el Oeste. El último momento de la inmortal Ana Karenina, de Tolstoi: "...*Y la luz de la vela con que Ana leía el libro lleno de inquietudes, engaños, penas y maldades, brilló por unos momentos más viva que nunca y alumbró todo lo que antes veía entre tinieblas. Luego brilló por un instante con un vivo chisporroteo; fue debilitándose... y se apagó para siempre...*".

Por suerte, las historias aliviaban el corazón desdeñado y dudoso de Ivanito. Mientras, el tren retumbaba impasible hacia su destino. Su gélida ventana enmarcaba grajillas y grajos volando en bandadas, estanques helados de peces soñolientos, abedules sin hojas, una luna anémica visible a todas horas, pasajes espectrales de su rostro (como un Narciso desplazado). Se veían trineos lentos y viejos todavía en uso, campos llenos de residuos con espantapájaros andrajosos. Perros comunes ladrando. Un matadero. Zanjas. Chozas desaliñadas. Los vientos silbantes del Ártico.

Ivanito dormía de forma intermitente, como en una neblina lechosa, o deliraba, en alerta, al recordar cosas que preferiría olvidar. Él y sus compañeros de viaje se ignoraban los unos a los otros, como si hubiera un acuerdo silencioso. Su estómago se sentía revuelto; apenas podía comer un poco de pan seco que mojaba en la sopa aguada, o té del samovar. El tren diesel apestaba a carbón debido a las obsoletas calderas que calentaban los compartimentos. Y cada milla de su viaje, cada estación desolada, hasta los cielos de plomo escupiendo nieve, estaban empañados por su dolor.

Otra vez en la mesa de la cocina, Ivanito inspeccionaba el trabajo que no tenía energía para completar. ¿Y si desapareciera por completo? ¿Quién lo extrañaría? ¿Sus fans organizarían vigilias en su nombre afuera de Chez Schatzi? ¿Encenderían velas por él? Sonrió al pensar en su funeral, a tope de gente con las drag queens más extravagantes de Berlín. ¿Se pelearían ellas por su colección de ropa? ¿Acaso debería escribir su testamento?

Ivanito sacó helado de coco del congelador, recordando aquella noche lúgubre en la calle Palmas. Su madre se había blanqueado el rostro, como una geisha, dibujándose unas cejas arqueadas y pintando sus labios de naranja brillante. Luego le había echado talco a Ivanito y lo había vestido con shorts y su chaqueta de los domingos. "Debes imaginarte que hay frío, mijito, un invierno con sus blancos apagados". Ivanito cerró los ojos e imaginó copos de nieve cayendo sobre todo lo que conocía, una utopía invernal, como aquel ensayo fotográfico en la *Sputnik*, "Las nieves de la Madre Rusia".

A Ivanito le parecía que había pasado toda su vida buscando ese mismo entumecimiento deslumbrante. Se reclinó en el sofá, cubriendo la huella que había dejado su difunta madre. Luego se acurrucó bajo su edredón acogedor y susurró unas líneas de Marina Tsvetaeva:

Hoy o mañana la nieve se derretirá.
Te acuestas solo debajo de una enorme piel.

MIAMI

Lourdes Puente

Miami

A veces, la vida da respuesta a tus preguntas. En el pasado habían quedado los días vacíos y melancólicos de Lourdes en Key Biscayne, cuando jugaba al dominó en el club náutico y compraba con desánimo, o se arreglaba las uñas y el cabello. Ya no sufría la burla de los cubanos de Miami, que solían criticar su español "petrificado" tras décadas en Nueva York, o le cuestionaban su cubanidad. Tampoco la miraban mal por ser dueña de una panadería en Brooklyn que vendía panes dulces pegajosos en lugar de flan de coco.

Lourdes se había convertido en una líder respetada en la comunidad del exilio. Una guerrera, sí, una Juana de Arco moderna, luchando para salvar la vida de un niño vulnerable. Como nueva vocera de Elíseo González en Miami, ella estaba en el epicentro de una titánica batalla política. Ahora se pasa las horas elaborando estrategias con la congresista republicana Ileana Sin-Luz, reuniéndose con los altos mandos de la Fundación Nacional Cubano Americana y consultando a diario con los abogados de la familia González. Así, cuando le pidió a Elíseo que bateara o que cantara el himno nacional ante las cámaras de televisión, él lo hizo de inmediato. Ahora era su hijo, el que siempre había soñado tener.

El mes anterior, Lourdes había invitado a Elíseo con sus tíos a un paseo nocturno por Disneylandia. El niño corrió de un aparato a otro, comió comida chatarra hasta tener el corazón contento (no hay comida vegana en el Magic Kingdom) y pudo ser simplemente un niño sin preocupaciones. Por su parte, los tíos se emborracharon hasta perder la razón y coquetearon de forma indecente con los personajes femeninos de los dibujos animados. "¡Dame un besito, Minnie! ¡No me atormentes más!".

El único contratiempo de Eliseo fue que le dio terror el paseo en bote "It's a Small World". Sus gritos se escucharon en todo el parque, lo que provocó que la seguridad de Disney, con sus insignias de Mickey Mouse, corriera hasta él. Lourdes tuvo que demostrar a los oficiales que no estaba tratando de secuestrar ni de lastimar al niño.

—¿Se va a hundir? — Eliseo lloraba con hipo—. ¿Se va a hundir el bote, Tata?

—No, mi cielo. —Lourdes trató de tranquilizarlo—. Y no tienes que hacer nada que no quieras.

Tranquilizado, Eliseo se aferró a ella por el resto del paseo.

Habían pasado cuatro meses desde que Eliseo perdió a su madre en el mar, pero rara vez hablaba de ella. Lourdes estaba convencida de que lo mejor para él era olvidarla, olvidar todo el espantoso calvario. ¿Por qué agitar malos recuerdos? Por eso, cada vez que él lucía desolado, Lourdes lo besaba en la frente y le decía: "Los niños valientes no lloran, mi cielo".

Por supuesto, su hija menospreció todo lo que hacía Lourdes por Eliseo. En su última llamada telefónica, Pilar pasó a la ofensiva.

—¡El niño debe estar con su padre en Cuba!

—Imagínate que te mueres —respondió Lourdes— y que tus deseos para tu hijo son ignorados.

—Qué manera de plantear tu punto, mamá.

—Entonces que el padre de Azul pida la custodia para llevárselo a Japón.

—No es lo mismo de ninguna manera.

—*Ni is li mismiii* ¡Es muy parecido!

El mayor miedo de Lourdes era que su nieto llegara a despreciarla, como lo hacía Pilar. Si eso sucediera, ¿a quién podría llamar familia?

—Azul no conoce a su padre ni habla japonés. ¡Ni siquiera ha ido a Japón!

—¡Exacto!

—¿Exacto qué, mamá? Eliseo tiene un padre amoroso, preocupado y que lo quiere en casa.

—¡Un padre amoroso querría lo mejor para su hijo!

—¿Y tú eres quien decide eso?

—¡No, su familia en Miami!

Lourdes se pasó el teléfono de un oído hirviendo al otro. Hizo todo lo que pudo para no gritarle: "¡ELISEO NO SE VA!".

—¡Pero él no creció con esa familia!

Lourdes probó con un enfoque más amigable para defender a la familia de Eliseo.

—Sus parientes aquí son gente muy agradable, gente humilde. ¿Cómo puedes criticar a esos pobres guajiros? Hasta Marisol está teniendo crisis nerviosas día y noche.

—No me importa cuán buenos o mentalmente inestables sean. No son su padre. ¿Y desde cuándo te importan un carajo los "pobres guajiros"?

—¡La madre de Eliseo murió tratando de traerlo a la libertad!

—Ella lo secuestró. No le dijo nada a su padre. ¿No puedes ver lo mal que está eso? Ah, verdad, se me olvidaba. No tienes problema con secuestrar niños inocentes.

—¡Esto no tiene nada que ver con Ivanito, y lo sabes!

Haber salvado a su sobrino de la Cuba comunista era el mayor orgullo de la vida de Lourdes. ¡Claro que Pilar lo desaprobaba!

—¡Tiene todo que ver con él!

—¡Como si no hubieras hecho tu parte!

—¡Eso fue *después* de que lo dejaras tirado en la embajada peruana!

¿Por qué cada conversación con su hija se sentía como las clases de aeróbicos que Lourdes tomaba en el club náutico? Una hora tortuosa que la dejaba tambaleándose de dolor durante días.

—El punto es que Elíseo sobrevivió. De milagro.

—¡Jesucristo también, mamá! ¡Estás montada otra vez en la ingenua fantasía de salvadora!

—¡El niño merece tener la oportunidad de una mejor vida!

—¡Esto es indignante!

—¡Lo indignante es que no tenga esa oportunidad!

¿Habría otra madre cubana aguantando tal falta de respeto?

Lourdes respiró hondo y calculó su próximo movimiento. No podía arriesgarse a perder a Pilar si quería volver a ver a su nieto.

—¿Y cómo está Azulito?

—Él está bien, mamá. Con su madre que lo ama.

—¿Y qué hay de su abuela, que también lo ama?

—¿Qué pasa con ella?

—¿Cuándo podré verlo otra vez?

—Puedes volar a California cuando quieras.

El teléfono emitió un chirrido sospechoso, como si el FBI estuviera espiando. Se rumoraba que el gobierno estaba grabando las llamadas de los grupos pro-Elíseo en Miami. Todo el mundo estaba bajo vigilancia, igualito que en Cuba. ¿Qué se podía esperar del presidente Clinton y esos demócratas traidores?

—No puedo viajar en este momento.

—¿Por qué no?

—Porque hice una promesa.

—¿A quién?

—A la Virgen de la Caridad del Cobre. Tiene que ver con mi misión.

—¿Tu misión? ¿Quién eres ahora, una astronauta para el catolicismo?

Lourdes tragó en seco con dificultad. Odiaba rogar, pero estaba desesperada.

—Tráeme a Azul a Miami. Por favor, necesito a mi niño. ¡Han pasado ocho meses! Es injusto que lo alejes de mí.

—Ay, por favor. —Pilar exhaló dramática—. No te vayas por ahí.

Su hija tenía cuarenta y un años, pero todavía se comportaba como una adolescente. No tenía un marido ni una carrera de la que hablar. Dando clases aquí y allá, vendiendo alguna escultura incomprensible de vez en cuando. No es de extrañar que estuviera crónicamente deprimida. Todo lo que Lourdes siempre había querido para Pilar era que llevara una vida feliz y normal. ¿Era mucho pedir?

—Déjame pensarlo.

—¿Qué dices? —Lourdes trató de reprimir su entusiasmo. Ella no quería darle a su hija ninguna excusa para cambiar de opinión—. ¿De veras?

—Dije que iba a pensarlo.

Lourdes colgó el teléfono, cautelosamente alegre. Le molestaba tener que ser tan cuidadosa con su hija, tenía que elegir sus palabras como si estuviera quitándole las espinas a una rosa. ¿Pilar la miraría diferente si supiera lo que ella había sufrido al inicio de la Revolución?

Era una calurosa mañana de julio de 1961, Rufino había salido para La Habana a comprar una máquina de ordeñar vacas. Dos soldados se presentaron en la granja y le entregaron a Lourdes un papel que declaraba que su propiedad pertenecía a partir de ese día al estado. Ella rompió el documento por la mitad y les ordenó que se fueran.

—¿Así que la mujer de la casa quiere pelea? —dijo con sorna el soldado más alto. Lourdes trató de salir corriendo, pero este la tiró al suelo mientras el otro soldado vigilaba.

No le importó que ella estuviera embarazada. La violó. Luego le hizo una cortada en la barriga con su navaja militar. Lourdes perdió a su hijo nonato esa misma noche.

Unas semanas después, Pilar llegó con Azul al aeropuerto de Miami, dizque necesitaba un descanso del trabajo. ¿Qué trabajo? Su hija tenía poco que mostrar como *trabajo*. Pero Lourdes estaba encantada de volver a ver a su nieto. ¡Cómo había crecido! Y qué niño más lindo, alto para su edad (a pesar de que no comía carne), un poco más alto que Elíseo, aunque solo tenían un mes de diferencia. Estaba segura de que los dos se llevarían muy bien, si se les daba la oportunidad. Lourdes incluso se ofreció a manejar directo hasta la famosa casita blanca en la Pequeña Habana, pero Pilar le advirtió:

—No lo hagas, mamá, o nos vamos en el próximo avión que salga de aquí.

Lourdes miró por el espejo retrovisor. Su nieto asomaba la cabeza por la ventana como un perrito.

—Ten cuidado, mi cielo, que una guagua pasa rápido y te corta la cabeza. —Y resaltó su advertencia con un gesto de corte—. ¡Fuácata!

—¿Qué es una guagua? —preguntó Azul.

—Es la palabra cubana para decir autobús —dijo Pilar. Luego se dirigió a Lourdes y le dijo bajito—: ¿Podrías, por favor, ahorrarnos el susto?

Lourdes estaba molesta, pero apretó sus labios con fuerza. ¿Podría Azulito entender que el mundo estaba dividido en dos campos opuestos? De un lado, su madre y, del otro, su abuela. Se detuvo en el Café Oasis en Key Biscayne. Su nieto pidió pastelitos de guayaba. Se empezaba por algo, menos mal. Muy pronto, Lourdes esperaba tenerlo comiendo medianoches, lechón asado y chuletas de puerco bañadas en cebollas. Una vez que su nieto probara el sabor del cerdo cubano, jamás volvería a tocar el tofu.

Rufino los esperaba en el club náutico para llevarlos a dar una vuelta por Biscayne Bay en su elegante barco nuevo.

—¡Ven, ven! —decía alegre. Abrazó a Pilar y a Azul con tanta fuerza que casi se caen al agua—. ¡Cómo los he extrañado!

—Y nosotros a ti, papá.

Pilar le dio un beso en la cara. Lourdes sintió una punzada de celos, pero logró reprimirla. Ella pondría sus esfuerzos en Azulito.

El calor en los muelles era abrasador. Rufino fue engatusado para jugar al capitán y dar cuenta de sus artilugios náuticos y su destreza marinera. Levantó a Azulito detrás del timón y dejó que lo moviera de derecha a izquierda.

—Nada más hay ciento noventa y ocho millas náuticas de aquí a Cuba. ¿Quieres ir con tu abuelo?

—¡Síííí!

—¡Cómo no! —Rufino rio—. ¡Aventurero que eres!

Lourdes escuchaba impaciente las tonterías de su esposo y se limpiaba el cuello con una toallita fría. Poco antes él se había llevado a un grupo de viudas del club náutico a dar un paseo en el bote. Lourdes esperó a que regresaran de la vuelta y lo empujó al agua. *¡Ahoy!* ¡Cuidado!

—Por favor, mi amor, ¿puedes soltar las cuerdas? —le pidió.

Lourdes plantó sus manos en las caderas.

—¡No me digas qué hacer!

—*Non ducor, duco.*

—¿Qué dijo? —preguntó Pilar.

Lourdes estaba harta de que Rufino alardeara del estúpido latín que había aprendido en la escuela.

—¡No podemos ir a ningún lado amarrados al muelle! —refunfuñó.

—Por el amor de Dios, yo lo hago —dijo Pilar—. A ver, Azul. Ayúdame.

A su nieto le encantaba meter las manos en cualquier cosa práctica. Se estaba convirtiendo en un hombrecito a pesar de los intentos de Pilar para feminizarlo. Lourdes se emocionó al enterarse de que Azul había hecho trizas las muñecas que Pilar le había comprado. Era un niño de verdad, que amaba los camiones y la pelota, hecho y derecho como cualquier cubanito de pura sangre.

Un manatí se deslizó hasta el muelle y mostró su enorme cabeza cubierta de algas. Los ojos de Azul se abrieron de par en par al ver a la bestia gigante que se movía despacio.

—Abuela, ¿es un monstruo? ¿Nos va a comer?

—No, mi cielo, es un mamífero marino. Vive en el mar.

Pilar puso los ojos en blanco.

—Gracias por la clase de biología marina.

Lourdes decidió ignorar el insulto. A veces Pilar se convertía en su yo adolescente cuando estaba en compañía de su madre. Lourdes le dio a Azul una lechuga romana que sacó de su bolso con provisiones.

—Arráncale las hojas, el corazón, y ve tirándole los pedazos poco a poco —dijo.

Pero Azul estaba tan nervioso que le arrojó la lechuga completa al manatí y lo golpeó entre los ojos. La bestia flotó paciente en las aguas turquesas, localizó la lechuga y se la tragó de un bocado. Azul quedó paralizado.

Por supuesto, Pilar tenía que arruinar el momento.

—¿Sabes? —dijo, agarrando a su hijo por la cintura para que no se resbalara y cayera al agua—. Los manatíes son vegetarianos.

Lourdes se calentó.

—¡Incluso esto lo conviertes en algo político!

Cuando el escepticismo de Pilar se convirtió en una carcajada, Rufino insistió en que posaran para una foto. Lourdes sabía lo que su esposo estaba pensando: que era difícil que Pilar encontrara alegría, aunque fuese fugaz, en compañía de su madre, así que él quería capturar el momento. Mientras se acomodaban para la foto, la sonrisa de Lourdes quedó sellada con autocontrol. Pilar abría los ojos como una gallina que ve a un zorro. Solo Azul parecía en verdad feliz. Había alimentado a un manatí. Su rostro estaba radiante. Nadie sabía que esa sería su última fotografía juntos.

Durante los dos días siguientes, los nervios de Lourdes estuvieron al límite. Era agotador tratar de portarse bien con su hija, provocándola continuamente. "¡Quita Fox News!". "¡Sube el aire acondicionado!". "¡Este cereal tiene sesenta y tres gramos de azúcar por porción!". Pilar no dejó que Azul llevara un pulóver con la bandera estadounidense que Lourdes le había comprado. ¡Otra puñalada trapera! Coño, estaba comiendo de más por el estrés que tenía —un cake de tres leches entero, para empezar— y caminaba ansiosa por las noches.

El caso Elíseo, con sus múltiples enredos legales, estaba llegando a un punto frenético. Lourdes escuchaba a escondidas los reportajes en la televisión y el radio al respecto y le dejaba mensajes urgentes a los tíos del niño, doblegados por la presión mediática. Pero una aparición de la Virgen de la Caridad del Cobre en la ventana de una sucursal de Northern Trust Bank en Flagler Street propició una peregrinación impulsiva, lo cual reforzó la determinación de Lourdes y se transformó en el lema colectivo "¡La Virgen está de nuestro lado!".

Cuando llegó la noticia del Departamento de Estado acerca de que el padre del niño, José Miguel, iba para Washington, DC, todos esperaron que desertara en cuanto pisara suelo estadounidense. ¿Quién en su sano juicio regresaría a Cuba por elección propia? Pero luego se supo que el Departamento de Justicia, encabezado por la fiscal general de los Estados Unidos, Janet Reno, planeaba regresar a Elíseo con su padre. Lourdes estaba indignada. ¿Renunciaría a la misión de su vida solo porque su hija no estaba de acuerdo?

Nada más que Pilar salió a dar su paseo matutino por la playa, Lourdes se puso en acción. Era hora de mostrarle a su nieto lo que significaba defender los principios de uno.

—¡Apúrate, mi cielo!

Lourdes le llenó la mochila con cajitas de jugo, lo llevó al garaje y lo subió a su Jaguar lavanda.

Lourdes puso Radio Mambí a todo volumen mientras tomaba café de un termo gigante y le indicaba a Azul lo que tenía que hacer cuando pasaban los cortes comerciales.

—No hables con nadie que tenga un micrófono, ¿me oyes?... Solo tienes que decir esto: "¡ELISEO NO SE VA!". ¿Puedes hacerlo?... ¡Déjame oírte, Azulito!... ¡MÁS ALTO, mi cielo!... Así, perfecto. ¡Qué inteligente eres!... Y, corazón, no le cuentes a nadie de esta aventura, ¿ok?

Estaba lloviznando cuando una Lourdes con mucha cafeína y su nieto llegaron a la casita blanca de los González. Los periodistas invadieron el auto, las cámaras flasheaban, pedían una declaración.

—¿Quién es el niño? —gritó un reportero de CNN, pero Lourdes los atravesó a empujones.

Los tíos de Eliseo estaban en el patio, visiblemente borrachos. A Marisol, como siempre, le estaba dando otro ataque frente a las cámaras. Una multitud se reunía y se propagaba por las calles laterales. Lourdes llevó a Azul a jugar con Eliseo dentro de la casa. Sin duda, sus niños se llevarían como hermanos. Tanto le había prometido la Virgen.

De vuelta afuera, agarró un megáfono.

—¡ELISEO NO SE VA! —gritaba Lourdes.

—¡ELISEO NO SE VA! —gritaba la multitud.

Mientras marchaban hacia la Calle Ocho, toda la Pequeña Habana se fue uniendo a la protesta. Golpeaban ollas y sartenes; sonaban maracas, shekeres, güiros, cencerros; soplaban silbatos con un estruendo ensordecedor. Algunos sostenían retratos de los presos políticos en Cuba junto a fotos del Papa polaco Juan Pablo II. Los vendedores ambulantes ofrecían prendedores de Eliseo, banderas cubanas, paleticas de coco, chicharrones, vasos con trozos de piña y estampitas laminadas de la Virgen de la Caridad del Cobre.

—¡ABAJO EL TIRANO! ¡ABAJO CLINTON!

Eliseo era el niño de todos. Los representaba a ellos y a cuanto la Revolución Cubana les había robado. ¿Acaso no era la nostalgia el último refugio para quienes habían perdido sus mundos?

Devolver a Elíseo a El Líder era la peor traición que se podía imaginar, era traicionar su historia, su sufrimiento, sus sacrificios. Lourdes había perdido un hijo a causa de la Revolución; se negaba a perder otro.

—¡LIBERTAD! ¡LIBERTAD!

Los manifestantes recorrieron el cementerio Caballero Rivero, donde muchos de los veteranos de Bahía de Cochinos habían sido enterrados. Allí, quienes encabezaban la marcha trataron de cargar a Lourdes sobre sus hombros, pero perdieron el control y ella se cayó hacia adelante sobre la tumba del padre de Desi Arnaz, quien fuera alcalde de Santiago de Cuba. Mientras se quitaba el polvo, llegó una falange de policías a caballo y cargó contra su manifestación pacífica.

—¡A LOS FRENTES DE BATALLA! —ordenó Lourdes.

Más tarde se conocería como "el grito que levantó a los muertos". Atrás quedó cualquier pretensión de sincretización. La brecha entre los exiliados cubanos y su país adoptivo quedó expuesta, una herida abierta y supurante a la vista de todos.

Los manifestantes arrojaron chicharrones y trozos de piña a los policías, luego se apresuraron a formar una cadena humana, intentando impedir que ellos y sus caballos avanzaran más hacia el cementerio. Con cierta dificultad, los policías se abrieron paso entre las filas, persiguieron a los manifestantes entre lápidas y mausoleos, desplegaron sus porras y hasta sofocaron con sus manos a los más desordenados. Las coronas funerarias volaron por los aires, los arreglos florales quedaron pisoteados, las placas conmemorativas de granito se rompieron.

Lourdes, jadeante, corrió cuesta arriba y se refugió en el jardín crematorio del cementerio.

—¡TRAIDORES! —gruñó, mientras un par de policías la acorralaban contra el columbario de un cantante de pop peruano.

—¡Arriba las manos! —le exigió un policía novato, blandiendo una porra.

Cuando este intentó esposarla, Lourdes le mordió una oreja y golpeó a su compañero con el megáfono. Tan pronto como se liberó, tropezó con las raíces de un árbol de higuera y cayó treinta metros cuesta abajo.

Llegaron oleadas de refuerzos en patrullas y motocicletas. Rociaron gases lacrimógenos para dispersar a la multitud, que se alejó tambaleándose, tosiendo, maldiciendo y jurando venganza. Lourdes hizo una última parada en la tumba de Anastasio Somoza, el dictador nicaragüense, y observó la fila de policías armados hasta los dientes. Testigos de lo ocurrido juraron que Lourdes Puente se resistió al arresto como una fiera.

—¡LA VIRGEN ESTÁ DE NUESTRO LADO! —gritó.

Dominada por fin, fue arrastrada junto con docenas de otros luchadores por la libertad.

Entre toda la locura, nadie notó al niño que se tomaba una cajita de jugo en los bordes del terreno de la violencia, justo afuera de las puertas del cementerio. Los manifestantes lo pisotearon en su huida, dejándolo inconsciente. Un mecánico lo vio y se lo llevó en su camión de emergencia al Jackson Memorial Hospital. Muchos en la comunidad de exiliados proclamaron que Azul Puente-Tanaka, de seis años, era el héroe más joven de la insurrección histórica de ese día.

Por desgracia, la madre del niño no lo vio así.

2

Luz y Milagro Villaverde

De las dos, yo era la habladora. Lo hacía rápido, incluso más que cualquier cubana. Sin embargo, Milagro era la que siempre entendía lo que estaba pasando. Era su poder secreto. Como una hélice doble, éramos imposible de separar. Mi hermana nació doce minutos después que yo, como esperando a que todo despejara. En apariencia, yo era la más dura, la más cabezona, una luchadora. Pero la sensatez de Milagro siempre me ganaba. ¿Cómo la gente se las arregla sin un gemelo?

Cuando nació nuestro hermano, mamá comenzó a prepararlo para que fuera su pequeño adulador. Pero nosotras nos reuníamos con él y tratábamos de ponerlo contra ella. Le dijimos que, si no se ponía de nuestro lado, terminaría loco como ella. Pero nada podía persuadirlo de que ella no era una santa. Ni siquiera después de que ella intentara envenenarse con él cuando él era solo un niño. Por fin ella logró suicidarse, pero al morir solo reforzó su santidad a los ojos de él.

Nuestro hermano estaba convencido de que estábamos unidas contra él, contra su felicidad con mamá. Él nunca vio lo que nosotras vimos: mamá vertiendo una sartén con aceite de cocina caliente sobre nuestro padre dormido; mamá llenando nuestra piñata de cumpleaños con huevos crudos. Al final, Ivanito se fue de Cuba años antes que nosotras. Tía Lourdes lo secuestró cuando comenzó el éxodo del Mariel. Nuestra prima Pilar también participó de eso, por lo que abuela Celia nunca las perdonó. Desde entonces, no hemos vuelto a ver a Ivanito.

Milagro y yo estudíamos ingeniería náutica en Guantánamo. Luego trabajamos en el puerto de La Habana arreglando motores de petroleros internacionales. El dinero era bueno, mejor que el que ganaba un neurocirujano, gracias a nuestras bonificaciones en moneda extranjera. Al final, papi nos convenció de irnos a Miami con él. Nos llevó once meses construir un barco que fuera resistente para cruzar el Estrecho de la Florida. Miles de balseros lo intentan cada año y terminan como carnada para tiburones. La mayoría no sabría navegar ni para salir de un charco.

Nuestro padre nos había estado esperando, como había prometido. Lo que no sabíamos era que también se había casado con una gringa para acelerar sus documentos de ciudadanía. No nos abandonó de inmediato. Primero nos consiguió trabajo empacando comestibles en un Publix de Hialeah. Luego, la tía Lourdes nos contrató para arreglar el bote de nuestro tío, lo cual, dadas nuestras habilidades, dio lugar a mucho más trabajo.

Hoy se suponía que papi se encontraría con Milagro y conmigo para almorzar en Versailles, una cafetería cubana en la Pequeña Habana con una estética ridícula: espejos de pared a pared, candelabros de mal gusto y carteles sobre cómo hacer la maniobra de Heimlich en español (te ahogarías hasta morir si estuviera en inglés). Mi hermana y yo nos sentamos cerca de una mesa donde estaban las matronas con sus trajes color pastel y collares de perlas, disfrutando de su pollo imperial.

Calle Ocho era un tramo de tiendas y restaurantes de segunda categoría congelados en los años sesenta. No tenía nada de la majestuosidad colonial de la verdadera Habana, ni siquiera ahora que estaba en ruinas. Los exiliados más viejos, autoproclamados veteranos de Bahía de Cochinos, se tragaban sus cafecitos tan dulces que les apretaban la dentadura postiza, y asimismo se jactaban de sus fincas en Cuba. Créeme, si esas fincas existieran, Cuba sería del tamaño de Brasil.

Como sea, la última vez que vimos a papi fue la semana antes de Navidad, y él acortó la visita. Desde entonces ha cancelado media docena de citas con nosotras, siempre con la misma excusa: obligaciones familiares. Coño, ¿nosotras no contamos como familia? Papi tuvo un hijo y habla de él como si este caminara sobre el agua. Tal vez lo único que siempre quiso fue un varón a quien pudiera enseñar a ser un hombre, que lo adorara sin cuestionamientos.

A nuestros clientes les encantaba decirnos lo afortunadas que éramos de vivir en Miami, lejos del infierno que era la Cuba comunista. Como si les importara lo que pensaban dos mecánicas. La verdad es que era complicado para nosotras, y se hizo más complicado a medida que pasaba el tiempo. Aquí los exiliados esperaban que estuvieras siempre de acuerdo con ellos. Si no, nos convertíamos en el enemigo. Con nosotros o contra nosotros, igual que la Revolución.

Con una mirada, como era habitual, Milagro y yo nos decíamos telepáticamente que papi no iba a aparecer. Tal vez nunca más lo haría. Tal vez solo nos mantendría en un limbo con sus promesas a medias, ante la triste realidad de nuestra familia fracturada, replicada mil veces en los espejos baratos de Versailles. Escaneamos el menú y pedimos lo mismo de almuerzo: palomilla con papitas fritas. Y así quedó la cosa.

3

Pilar Puente

De Miami a Berlín

Pues, así como así, me llevé a Azul de Miami, regresamos a LA y nos fuimos a Berlín, solo con pasajes de ida. Porque Ivanito estaba allí. Porque se estaban dando cosas en su ambiente artístico. Porque muchos de mis héroes musicales encontraron la inspiración ahí: David Bowie, U2, Iggy Pop. Quizás yo también obtendría un poco de inspiración. ¿Qué coño tenía que perder? Mi carrera estaba muerta, mi vida amorosa era inexistente y mi madre estaba desquiciada. En resumen, nada.

No fue tan difícil dejar Los Ángeles. Saqué a Azul de la escuela, subarrendé mi casa y mi estudio lleno de goteras a unos amigos y nos fuimos con la ropa de una semana. Además, me sobraba algo de dinero de una beca que nos duraría unos meses. Por lo menos, me dije a mí misma, no era tan vieja como para ser espontánea.

En la parte trasera del avión, mi hijo dormía junto a mí. Mientras revisaba los vendajes en su cabeza, me enfurecía de nuevo pensando en lo que había pasado. Incluso después de que Azul terminó en la sala de emergencias, después de haber sido pisoteado por la mafia que mi madre había estado liderando, ella se negó a reconocer que hizo algo mal. Mamá juró que había dejado a Azul jugando con Eliseo, en contra de mis expresos deseos de que no lo hiciera. Pero en lugar de disculparse, se centró en la indignidad de su arresto, su milisegundo de tiempo en la cárcel y la propuesta de Virgín para que se postulara a alcalde del condado de Miami-Dade.

Le dejé un mensaje en la contestadora automática a Ivanito para que supiera de nuestra inminente llegada a Berlín. No pensé que le fuera a molestar. Mi primo y yo habíamos sido muy unidos en los ochenta. Cuando todavía estaba en la secundaria, lo dejé unirse a mi grupo punk de chicas, Autopsy. Claro, con la condición de que hiciera de travestí. Créeme, no le tuve que preguntar dos veces. Aunque Ivanito no podía cantar ni una mierda, ventaja del punk, la incongruencia de su androginia enrarecida al frente de nuestro trío de feministas duras y sudorosas era algo mágico.

¿Su nombre artístico? Miss Agua de Violetas. Perfecto para el varoncito de una mami cubana.

En realidad, nunca llegué a conocer a su madre, la tía Felicia, pues ella murió un poco antes de mi único viaje a Cuba. Había muchas historias sobre ella. Pero según los comentarios, era de armas tomar. Una peluquera vengativa, abierta sobre su descontento con la Revolución. Una madre amorosa, pero loca. Una romántica voraz (había tenido decenas de amantes y tres maridos, a dos de los cuales se decía que había matado). Una perra que ladraba. Todo el mundo aseguraba que ella era genéticamente propensa a los excesos. El pobre Ivanito la amó tanto como la odiaron sus hermanas gemelas.

Miss Agua de Violetas se convirtió en una sensación en el centro de la ciudad y catapultó a Autopsy a la cima de la popularidad. Tocamos en los mejores y más sucios clubes: CBGB, Mudd Club (antes de que cerrara), A7, Pyramid Club, Club 82. Yo me pavoneaba con mi bajo blanco Fender Precision como si fuera la pinga más grande del mundo. Al parecer, tenía una personalidad igual de grande. Cada vez que Ivanito se deprimía o extrañaba Cuba, nos íbamos a Veselka en el East Village. Se necesitaban dos tazones de borscht y un montón de blinis para animarlo.

Nuestra banda se separó en el momento en que el punk estaba implosionando, y en su lugar quedó un agujero negro lleno de imbéciles, ideólogos, códigos, *mainstreaming*, comercialismo, confusión y tristeza. Tristeza a lo grande. La mayoría de quienes habíamos sido parte de esa era, flotamos por los aires durante algunos años, perdidos, sin amarras, dispersos por todos lados. Yo trabajé como mesera en el Empire Diner por un tiempo (el peor trabajo de mi vida) y luego me fui a hacer un posgrado en Arte en Los Ángeles. La ciudad me parecía un páramo residencial sin fin. No había nada abierto pasadas las diez, excepto el Canter's Deli, donde se reunían algunos punks de los alrededores. Dejé de tocar el bajo.

Ivanito, por su parte, voló a Moscú para perfeccionar su ruso, y allí presenció el desmoronamiento de la Unión Soviética. Solía enviarle obras abstractas en acrílico, que hacía en postales con letras de nuestras viejas canciones, "Fibrillation", "Body Cavities", "Bedside Scammer" (*Get out of here with your bedside manner / Leave me alone you dirtbag scammer...*). Ivanito me dijo que había guardado las postales, convencido de que algún día valdrían una fortuna. ¡Ja! Con esto quiero decir que nos seguíamos la pista a pesar de que nuestras vidas divergían de forma radical. Mi primo se convirtió en un traductor destacado en Berlín y yo... bueno, yo era una artista fracasada. Ya, lo admito.

La azafata pasó con su carrito cargado de cajas con comida sospechosa: queso procesado, jamones, galletas con químicos, uvas deshidratadas. Pedí un chocolate caliente instantáneo para Azul, que había estado murmurando cánticos en favor de Eliseo mientras dormía (¡Lo que me faltaba!).

—¿Cuánto falta, mamá?

—Alrededor de ocho horas.

—¿No es eso como todo el día?

—Casi toda la noche.

—¿Y ya llegamos?

—Y cambiamos de avión.

Limpié una mancha de chocolate de su barbilla con el pulgar.

—¿Cuánto falta después de eso?

—Solo un poco.

—¿Qué es un poco?

Me consolaban dos cosas: una, que Azul podía decirme lo que quisiera sin miedo y, dos, que no se avergonzara de mí, al menos todavía.

—Más o menos otras cuatro horas, incluyendo el tiempo que nos tomará cambiar de avión.

Azul seguía bebiendo el chocolate.

—¿Y tú hablas alemán?

—Uy, no tan bien. Tuve una clase en la universidad, pero la dejé.

—¿Dejaste la escuela?

—No, no la escuela. La clase.

—¿Yo también puedo hacer eso?

—Azul, estás en la primaria. ¿Qué podrías querer dejar?

—La clase de canto. Es estúpida.

—¿No te gusta cantar?

—No con los otros niños. Sonamos...

—¿Cómo suenan?

—Muy mal —dijo, y contempló el desierto que había a treinta mil pies.

—¿Nos estamos moviendo?

—Sí.

—No lo parece. ¿A qué velocidad vamos?

—A unas quinientas millas por hora.

—Guau. Pero ¿por qué no podemos sentirlo?

—Porque no hay nada a nuestro alrededor que nos muestre lo rápido que vamos.

Como las explosivas trayectorias artísticas de los demás, quise decir, pero me quedé callada.

—¿Qué pasa con las nubes?

—Parece que no se mueven, pero sí. —Alisé su cabello y le di un beso—. ¿No estás cansado?

—No —dijo, pero se acurrucó a mi lado y se quedó dormido un minuto después.

Pensé en la larga historia de pasajes de ida en mi familia. Mis padres emigraron de La Habana a Miami y luego se fueron a Nueva York. Yo me fui a la Florida en autobús con solo un boleto de ida cuando tenía trece años, y mucho después tomé otro autobús a Los Ángeles. No obstante, Ivanito tenía, por mucho, más pasajes de ida que todos nosotros: de La Habana a Lima, de Lima a la Ciudad de México (donde mamá lo recogió y le dio de sus panes dulces pegajosos), de Ciudad de México a Nueva York, de Nueva York a Moscú y, por último, un billete de tren de ida de Moscú a Berlín.

La azafata distribuía periódicos alemanes, incluida una publicación cuyo artículo de primera plana era, por lo que mi alemán me permitía discernir, sobre una osa polar que había desaparecido del zoológico de Berlín con su cuidador. ¿Estaría mi primo enterado de eso? Cuando vivió en Nueva York, Ivanito solía guardar recortes sobre personas desaparecidas: la noticia sobre el octogenario que fue visto por última vez comprando lencería en Macy's; aquella sobre el niño de nueve años que había desaparecido caminando de la escuela para su casa a tan solo cuatro cuadras; una sobre los caimanes domésticos que se perdieron en el sistema de alcantarillado de la ciudad.

¿Ivanito se consideraba una persona desaparecida? Después de todo, él se había ido de Cuba sin decirle a nadie. Mi madre era la culpable de eso. Lo secuestró en medio de la noche y lo soltó en la embajada peruana de La Habana cuando estalló el éxodo del Mariel. Ella consideraba que ese había sido su esfuerzo más exitoso en tanto que era una mujer sola contra el comunismo. A la mañana siguiente, localicé a Ivanito en los terrenos de la embajada. Me rogó que lo ayudara a irse del país.

¿Qué podía hacer? Le mentí a abuela Celia y le dije que no lo había encontrado. Pero ella sabía la verdad.

Mientras volábamos sobre el Atlántico, me inquieté. ¿Sería un error aterrizar en la vida de mi primo sin previo aviso? ¿Y si él recordaba nuestro tiempo juntos de manera diferente? ¿De un modo menos generoso? Estaba demasiado preocupada con todo eso como para dormir, así que encendí mi reproductor de MP3 y escuché el álbum *Achtung Baby*, de U2. La canción de apertura, "Zoo Station", fue un asalto sónico. Tenía ganas de tocar la parte del bajo, su ritmo constante en medio de la magnífica distorsión. *Time is a train / Makes the future the past.* (El tiempo es un tren / Convierte el futuro en pasado).

—¿Crees que se escaparon juntos? —me preguntó Azul después de que le contara la noticia de la osa polar desaparecida—. ¿Fue algo *consensuado*?

Mierda, le enseñé esa palabra y ahora la usa para todo.

—No estoy segura.

—¿Se van a casar?

Azul se tocó la oreja izquierda, señal de angustia.

Su pregunta me sorprendió. ¿Estaría pensando en que su padre y yo *no* estábamos casados? ¿O en que él no tenía un padre? Aunque, en teoría, lo tenía lejos, en Japón. Para él, Haru Tanaka era solo un nombre, la foto de un señor asiático que se suponía que era su padre. ¿Cómo podría saber la seguridad inquebrantable con que su padre dominaba cualquier espacio? ¿O conocer su debilidad por las carreras de caballos y los calcetines de seda elegantes? ¿O los sufrimientos que Haru soportó cuando era un niño hambriento en Yokohama, después de la Segunda Guerra Mundial? ¿O cuánto lo enfurecía que lo atendieran mal en los Estados Unidos?

—No pueden casarse —le dije.

—¿Por qué no?

—Solo las personas pueden casarse.

¿Azul habría sentido mi corazón romperse? ¿Sabría del antes y el después que dividían mi vida? Antes de que él llegara, por supuesto.

—¿No que los pájaros se aparean de por vida?

—Es verdad. Pero un pájaro no puede casarse con un leopardo.

—Pero podrían ser amigos, ¿cierto?

—Supongo que sí.

Mi respuesta pareció satisfacerlo. Al menos, por el momento.

INTERMEDIO:
LAS FOTOS DE PILAR

Foto #3: 1965

Está atardeciendo. La luz se cuela en nuestra casa, un almacén re-habilitado en Brooklyn. Hago muecas ante la cámara y mi mamá me pellizca un brazo por detrás. Hay un cesto lleno de ropa sucia a mis pies. Tengo seis años y llevo puesta la blusa con manzanas azules que me gusta. En el momento en que vi esas manzanas azules, no rojas, como se supone que son, la quise. Se convirtieron en el emblema de mi primera huida de casa.

Más temprano ese día, fuimos a Sunken Meadow Beach con un viejo amigo de la universidad de mis padres. No recuerdo su nombre, llamémoslo Hernando de Soto, pero sí que me contó que tenía una hija de mi edad en Cuba. Su nombre era Sarita. Hernando me cayó bien enseguida, algo raro en mí. Cuando era una bebé, miraba a todo el mundo con rabia, hasta hacía que se les cayera el pelo a mis niñeras con solo mirarlas. Me decían "brujita" y llevaban pañuelos en la cabeza para cubrir sus partes calvas. Eso avergonzaba a mi madre, que me acusaba de socavar su imagen materna.

Hernando me enseñó a flotar boca arriba en la playa, me compró una paletica de helado y me pasó protector solar por la parte superior de las orejas para que no se me quemaran. Se ponía triste cuando hablaba de Sarita y dijo que rezaba todas las noches para que ella viniera a vivir con él a Washington Heights.

—Los comunistas —se quejó con amargura—, le han lavado la cabeza a su madre.

Escuchaba mucho la palabra *comunista* cuando era niña. Ser comunista era el más mortal de los pecados. Sin embargo, para cuando terminé la primaria mamá también empezó llamarme comunista, ya fuera por no ir a misa los domingos o por tirar el brócoli por la taza del baño. Mientras recogíamos las cosas en la playa para irnos a casa, Hernando me preguntó:

—Pilarcita, ¿te gustaría ir para mi casa conmigo en lugar de con tus padres?

—¡Sí! —grité sin dudarlo un segundo.

Todos se rieron, pensando que era un chiste, pero no era un chiste para mí.

—¡Ay, ella no lo dice en serio! —insistió mamá—. Dile que no lo dices en serio, mi cielo.

—Lo digo en serio —dije—. ¡Sí! — repetí más fuerte.

Un silencio tenso se cernía sobre la camioneta de regreso a Brooklyn. Dejamos a Hernando en el metro de Borough Hall sin siquiera un adiós. Cuando traté de escapar, mamá me agarró por el codo.

—Lo siento, Pilarcita —dijo Hernando, rescindiendo su invitación—. Tus papás te quieren mucho y quieren cuidarte.

—¡Pero me lo prometiste! —le grité mientras él bajaba corriendo los escalones para coger su tren.

Cuando llegamos a casa, mamá me quitó la ropa y la arrojó al cesto de la ropa sucia. Yo estaba asustada y emocionada. ¿Sería que podría irme? ¿Venía Hernando a recogerme? Me puse mi blusa de las manzanas azules, me recogí el pelo y até mis cordones con doble nudo. Estaba lista para irme.

Mamá me tiró el cesto de ropa sucia maloliente.

—Lárgate de aquí.

Miré a mi padre, pasivo como siempre. Luego me dirigí hacia la puerta con las ropas sucias. Pasó un camión de helados lento, sonando su campanita. Los gorriones piaban sobre las líneas telefónicas. Otras madres llamaban a sus hijos para comer. Mi vida había cambiado de manera drástica, pero el mundo permanecía exactamente igual. ¿Cómo era posible?

Cuando escuché el pitido de un barco de carga, caminé hacia el East River, hacia la promesa de un lugar lejano. ¿Tal vez podría abrirme camino hasta un barco de vapor con destino a Cuba? ¿Reunirme con abuela Celia? ¿Rastrear a Sarita y llevarla a casa con su padre? Podríamos convertirnos en hermanastras y vivir felices para siempre, no como esas hermanastras malvadas en la historia de Cenicienta.

De repente escuché a mi madre gritar mi nombre. La segunda sílaba sonó más como un aullido. Una parte de mí quería esconderse, pero por otra parte estaba demasiado asustada para hacerlo. Me quedé quieta y esperé a que me encontrara. Mamá me abrazó con fuerza y luego, con la misma fuerza, me dio una galleta. Me negué a llorar. Sabía cómo ser una ingrata.

Me arrastró para la casa y le ordenó a papá que sacara la cámara Polaroid y nos tomara una foto, para recordar el día en que fui una vergüenza, una vergüenza para las dos.

Foto #4: 1973

Esta no es una fotografía normal, sino un cuadrado de mi cara dentro de un documento que parece un pasaporte, pero no lo es. Se trata de un permiso de reingreso emitido por el Departamento de Justicia de Estados Unidos en 1973. Mi madre lo encontró cuando estaba hurgando en sus cajas de almacenamiento.

De conformidad con la disposición de la Sección 223 de la Ley de Inmigración y Nacionalidad, este permiso de residencia permanente se emite a la persona nombrada en este documento, un/a extranjero/a previamente admitido/a legalmente en los Estados

Unidos, para que pueda ingresar a los Estados Unidos como inmigrante especial, de ser admisible.

Hablando de una reliquia de la Guerra Fría. El permiso me fue
otorgado el 26 de junio de 1973, cuando tenía catorce años. Vencía
un año después, el mismo día. Mi pelo largo estaba peinado con
la raya al medio y mi altura quedó registrada como 1.52. Mis ojos
eran color avellana. No recuerdo haber tenido ese documento en
mi poder alguna vez, ni que fuera tan bajita. Para cuando me gra-
dué de secundaria había crecido 20 centímetros.

Este documento no es válido para regresar a los Estados Unidos después de una ausencia temporal si se
estuvo de viaje o de paso por cualquiera de los siguientes países, a menos que se levanten las restricciones con
respecto a estos países en específico, los cuales son [sic]:

Regiones comunistas de:

~~Albania~~   ~~China~~
Cuba   Corea
~~Mongolia Exterior~~   Vietnam

En el permiso, Albania, China y Mongolia Exterior están tachados con marcador negro. Ahora sé que la Revolución Cultural
China había sido aplastada, pero todavía no tengo idea de lo que
estaba pasando en Albania o en Mongolia Exterior. ¿Por qué fueron tachados? Cuba, Corea y Vietnam fueron países a los que Estados Unidos envió tropas y, en el caso de Vietnam, todavía estaban luchando.

¿Por qué necesitaba ese permiso? Le pregunté a mi madre, pero
no obtuve respuesta.

¿Lo habrá pedido después de que me escapé en 1972 con la intención de regresar a Cuba para ver a abuela Celia? Para suerte de

mamá, solo me subí a un autobús Greyhound y llegué hasta Miami, donde los parientes de mi padre me enviaran de regreso a Brooklyn. ¿Tal vez planeaba cumplir su promesa de enviarme al extranjero para estudiar, lejos de los elementos radicales que desestabilizan el país? Recuerdo lo loca que se puso cuando me vio con mis pantalones acampanados de color mostaza, ceñidos a la cadera, que yo combinaba con blusas campesinas, sandalias (o sin zapatos) y collares de cuentas. Prueba positiva para ella de mi incipiente comunismo.

Pero no recuerdo haberme hecho esa foto. Ni haberme hecho ciudadana estadounidense tres años más tarde, aunque mis documentos afirman que la ceremonia de juramento tuvo lugar en el juzgado federal en el centro de Brooklyn, muy cerca de la segunda Yankee Doodle Bakery de mi madre. Fue allí donde pinté un mural de la Estatua de la Libertad con un alfiler atravesándole la nariz, inspirada, por supuesto, en el tema "God Save the Queen", de los Sex Pistols.

¿Por qué puedo recordar ciertos detalles de mi pasado de manera tan específica y olvidar otros tan grandes? ¿Es así como funciona la memoria? ¿Elegimos recordar solo lo que necesitamos para sobrevivir? Miro esa foto, mi mirada inquebrantable, mi postura desafiante; creo que sigo siendo esa muchacha de catorce años que dice: "Adelante, ponme a prueba".

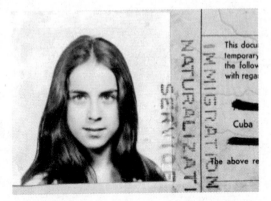

GRANADA–LA HABANA

Celia del Pino

Los amantes se reencuentran en Granada después de sesenta y seis años...

Celia lo reconoció primero. Llevaba un traje color hueso y se apoyaba holgadamente en su bastón, como si fuera decorativo, alardeando un poco. También vio que agarraba un ramo de claveles rojos. Gustavo era calvo y elegante, pero no se parecía en nada al hombre que ella recordaba. Su ojo izquierdo se veía lechoso, ¿tendría cataratas? Celia esperó, mientras lo observaba, a la vez que su pasado y su presente convergían. Gustavo seguía escaneando a los pasajeros que llegaban hasta que por fin dio con ella. Su expresión decayó, casi imperceptiblemente, pero sus ojos permanecieron alegres. El vestido verde de Celia estaba ceñido a la cintura, pero ella se sentía como una reliquia.

Verde que te quiero verde.

¿Cuánto tiempo había estado soñando con ese momento? Pero en su sueño, ella y Gustavo tenían la misma edad que en 1934: la piel tersa, infatigables, enamorados. La juventud era un dios inmortal y ellos juntos habían sido dioses. Pero aquel anciano no le desagradaba en absoluto. Su rostro era suave como el de un bebé, casi nacarado, y tuvo que contenerse para no acariciar su mejilla ahí mismo.

—Mi amor. —Gustavo dejó caer su bastón con estrépito y se acercó a ella con los brazos abiertos. Los claveles cayeron al piso.

Con andar seguro, aunque tambaleante, se paró frente a Celia, la miraba buscando en sus ojos quien ella había sido dentro de quien era ahora. Tocó su barbilla con una mano de papel, con dedos nudosos, nudillos brillantes, como si los hubiera pulido para la ocasión—. No has cambiado ni un poco.

Entonces Gustavo se inclinó hacia ella con sus labios que olían a eucalipto y la besó en la boca. La punta de su lengua tocó la de ella, sin importar el mar de viajeros irritables y apresurados que los rodeaban.

Verde viento. Verdes ramas.

—Entonces, ¿comenzamos con una mentira?

Celia estaba sorprendida, pero también encantada.

El beso de Gustavo se registró sísmicamente en su cuerpo, en sus grietas y ríos escondidos. ¿Quién diría que ella todavía era capaz de tal calor? Todo empezaba con la lengua, pensó, el más milagroso de los músculos. Una parte de ella no quería perder ni un minuto más en charlas triviales. Prefería encerrarse en una habitación de hotel por cuatro días, como hacía tanto tiempo. Eso sumaría ocho días de felicidad en una vida. ¿Cuántas personas podrían afirmar que tuvieron tanto?

—No es mentira —dijo Gustavo, mirando los claveles esparcidos en el piso de mármol falso.

Sus dientes eran demasiado blancos. ¿Serían prótesis dentales? ¿Necesitaría quitárselos por la noche, cepillarlos como un accesorio precioso, dejarlos caer en un vaso burbujeante con pastillas limpiadoras? ¿Qué otros detalles espeluznantes les esperaban?

Lo que necesitaban con urgencia era un armario donde guardar todos los signos reveladores de la vejez: ungüentos para las articulaciones, espejuelos para leer, compresas para la incontinencia, medicamentos para la presión arterial, aparatos ortopédicos, enemas, antiácidos, calcetines de compresión. No había remedios duraderos para sus cuerpos asediados por la flacidez, los crujidos artríticos, los pellejos caídos, las arrugas y una red de venas varicosas. Solo la luz de la luna y un ingenioso camuflaje podrían salvarlos.

Celia ignoró el dolor en su cuello debido a los vuelos donde no pudo moverse. Tenía los tobillos hinchados y acidez, y el aire frío se había asentado en sus rodillas. Apenas había dormido, solo esporádicamente, lo cual la dejaba más cansada. En una boutique de lencería en el aeropuerto de Madrid, donde tomó un vuelo con conexión a Granada, se había comprado un sujetador *push-up* rojo de encaje y un blúmer que hacía juego. Si eso no era optimismo, ¿qué era? La cajera quería hacerle otras sugerencias, pero Celia se negó a someterse a cualquier camaradería transgeneracional.

Verde que te quiero verde.

—¿No? —preguntó Gustavo.

—¿No qué?

—Estás sacudiendo la cabeza.

Gustavo lucía atónito, pero también un poco preocupado.

—Estaba pensando en otras cosas.

—Me presento ante ti después de sesenta y seis años, ¿y estás *distraída*? ¡Debo verme del demonio!

Celia se rio. Sostuvieron sus miradas durante un largo rato, ignorando los altavoces que anunciaban vuelos a Marrakech, Nairobi, São Paulo, Calcuta. En su lecho de muerte, la esposa incurablemente celosa de Gustavo le había hecho jurar que no volvería a contactar a Celia. Pero la muerte, como todos saben, rompió todas las promesas.

Bajo la luna gitana...

—Disfrutemos de nuestras hermosas mentiras —dijo Celia y su coqueteo afloró—. Hagamos la promesa de que en el tiempo que nos queda siempre elegiremos un buen cuento sobre la verdad. A menos que la verdad suene mejor.

—Pero ¿cómo sabremos la diferencia?

—No la sabremos. Eso es lo que te estoy diciendo.

Coño, ¿le iba a tener que explicar todo?

—¿Me estás diciendo qué? —Gustavo insistió.

—¿Qué cosa? —Celia movió la cabeza para oírlo mejor.

Su oreja izquierda se sentía tapada, como si estuviera rellena de algodón, un residuo de los vuelos donde se te tupen los oídos. Sintió que le venía un dolor de cabeza. Nada que no solucionase un cafecito con azúcar extra.

—¡Acerca de la verdad!

—¡Ay, eso no importa!

Lo último que Celia quería era revivir el pasado. ¿Qué más da? Estaba ahí, en Granada, ¿no? Sus recuerdos eran migajas sujetas a pájaros, a brisas. No tenían tiempo para envejecer de nuevo. ¿Pero un poco de flamenco? ¿Una luna gitana? ¿Una noche para cantar, para bailar, para lanzarse de nuevo al corazón del amor?

Verde carne, pelo verde...

—Quiero que creas todo lo que te digo.

Gustavo estaba decidido. Sacó unos espejuelos de montura metálica de su chaqueta y se los puso. Sus ojos se agrandaron detrás de los cristales, como los de una rana arbórea, para verla mejor.

—Creeré todo lo que me digas, sea verdad o no.

Celia estaba impaciente por detener esa tontería antes de que fuera más lejos. No había tiempo que perder. Después del tremendo esfuerzo para llegar allí, temía perder los nervios y el impulso que había traído ese primer beso.

—Y necesito que me perdones.

—Qué católico de tu parte —dijo Celia con brusquedad—. ¿A qué distancia está la Alhambra de aquí?

—Hablo en serio, Celia.

—¿Cuán lejos?

—No tan lejos. ¡Pero todavía no estoy listo para que seamos turistas!

—Estoy aquí. ¿No es perdón suficiente?

—Podría ser por pura curiosidad.

—He viajado un largo camino. —Celia estaba hambrienta y malhumorada, y le dolía la cabeza por la falta de cafeína—. En círculos, al parecer.

—El progreso siempre es circular.

Con ojos de fría plata.

Celia no recordaba que Gustavo fuera tan locuaz. No era una característica atractiva.

—¿Sabes qué es lo más importante que he aprendido en mis viajes? —Gustavo seguía hablando.

Tal vez si ella permaneciera en silencio, si ambos permanecieran en silencio, si sus bocas no se desviaban por las imposiciones del lenguaje, sus cuerpos podrían tomar la delantera.

—Que yo no existo.

—No te entiendo —dijo ella.

—El viaje es un espacio liminal, suspendido en el tiempo. Como nosotros.

—Pero yo sí existo —replicó Celia—. Nunca he dejado de existir.

Eso no estaba teniendo un buen comienzo. Si esa visita a Gustavo terminaba en fracaso, Celia dedicaría su viaje a la memoria de García Lorca y se uniría a los peregrinos que buscaban su tumba anónima en las faldas de Sierra Nevada, esparciendo azucenas en su nombre. ¿Qué otra cosa podía hacer? Había llegado hasta allí y regresar a casa no era una opción.

Verde que te quiero verde.

—Tengo algo que enseñarte. —Gustavo sacó una cámara Minifex del bolsillo de su chaleco, la misma que Celia le había vendido en la tienda El Encanto en 1934—. La encontré por casualidad el año pasado. Lo tomé como una señal.

Celia se preguntó si la cámara había cumplido su propósito. ¿Habría documentado en secreto las atrocidades de la Guerra Civil española a través de la mirilla de su abrigo? ¿Habría logrado hacer justicia a alguna de las víctimas de la guerra? O, como había insinuado Gustavo, ¿habría sufrido las consecuencias de sus actos?

¿Fue encarcelado o torturado? ¿Eran esa minúscula cámara, y por extensión Celia, responsables de su cojera, de su codo tan angulado, roto por el garrote de un falangista? Gustavo parecía ansioso por compartir todos los espantosos detalles de sus terribles experiencias, tanto si Celia quería escucharlas como si no.

—A veces pierdo la noción de lo más importante —continuó con pesar—. Y olvido lo que debería recordar.

Levantó la cámara sonriendo y le tiró una foto.

Por un momento, Celia se sintió agradecida, ¡aliviada!, de que Gustavo la hubiera abandonado cuando lo hizo. Al menos habían evitado los sofocantes rituales amorosos de la conyugalidad. A esas alturas a Celia no le interesaba en lo más mínimo un discurso educado, sufrir tedios o fingir ignorar lo que la molestaba. Quería lo que quería y se negó a disculparse por quererlo. A su edad, ¿no era lo menos que podía hacer?

—Primero necesito un cafecito. —Celia acomodó su bolso en el brazo izquierdo y agarró a Gustavo por su codo bueno con la mano derecha—. Entonces, saltaremos de un acantilado juntos.

Herminia Delgado

La Habana

Cuando un oficial de la base naval de Guantánamo gritó mi nombre, esperaba que fuera para irme de Cuba por fin. En cambio, me subieron a un camión del ejército y me llevaron a una prisión de mujeres en las afueras de La Habana. A mi vecina Gladys la habían pillado con las manos en la masa en Pinar del Río, con mis jaulas de pájaros, y la habían derrumbado en el interrogatorio policial. No me sorprendió. La supervivencia a menudo iba de la mano de la traición. ¿Mi sentencia? Cuatro meses por traficar una especie en peligro de extinción.

La jueza dijo que me estaba llevando suave debido a una carta de referencia de Celia del Pino que avalaba mi buena reputación en la comunidad. ¿Buena reputación? ¿Qué había hecho yo en mi vida sino sacrificarme por la Revolución? ¿Podría haber sacrificado algo más que mi propio hijo, que descanse en paz? ¡Cómo deseaba que me arrestaran por algo que valiese la pena, como quemar El Capitolio!

Hora tras hora miraba el cielo a través de los barrotes de mi celda, rezando y esperando una señal. Pero solo me respondieron nubes de tormenta pasajeras. Era como si los orishas se hubieran olvidado de mí y de todos. Sin que me oyeran las demás presas, supliqué a Felicia, "Ayúdame, chica. ¡No tengo toda la vida para esperar, como tú!".

Mis compañeras de prisión eran ladronas, prostitutas, inconformistas, traficantes del mercado negro, disidentes de todo tipo. En resumen, ciudadanas comunes como yo. Nuestros trabajos por la izquierda mantuvieron el hambre a raya y nos permitieron sobrevivir. Mírame. Sesenta años de edad y obligada a trabajar de forma ilegal. La prostitución era, por mucho, la mayor fuente de ingresos de la isla. Las jineteras se acostaban con los turistas que llegaban a Cuba en busca de sexo a cambio de una ganga. Hasta el gobierno estaba sacando provecho, gestionando moteles que se alquilaban por hora. Hoy en día, ¿quién podría distinguir a una enfermera de una prostituta?

En la prisión también se vendía de todo: ron, sexo, tamales, drogas, tabacos, de todo. ¿Lo más difícil de conseguir? Jabón. Si cambiaras sexo por una astillita de jabón, nadie te juzgaría. Los cubanos sufrían, y eran insufribles sin jabón. Mariza, nuestra *dealer*, tenía una hermana que trabajaba como ama de llaves en el Hotel Nacional. Ambas arrasaron con los fragantes jaboncitos que eran nuestra única esperanza contra la inmundicia.

Cada día era un drama más violento. Por la mañana, una fiera de Sancti Spíritus atacó a una compañera de celda por tener un grillo de mascota. El canto la estaba volviendo loca, así que rompió la jaula del bicho y se lo comió vivo para que se callara. Pero peor era la poeta con *piercings* en la nariz que día y noche recitaba sus tonterías, lo que resultaba en que le dieran palizas esporádicas.

Por la noche juntábamos algunos cigarros para alquilarle la vieja televisión en blanco y negro a El Baboso, el guardia que entraba a las seis. La telenovela argentina *Vivir y Morir en Las Pampas* era la favorita de todas. ¡Vivíamos por Valentina Godoy, la suegra malvada! Sus asesinatos y traiciones nos hacían sentir inocentes, como pollitos.

Nadie sabía que yo era santera. Por lo general, me ofrecía a escuchar los problemas de la gente, trataba de levantarles el ánimo, les hacía algunos trabajitos. Te sorprendería lo que se puede hacer con un pedacito de ñame o una muestra de algodón. ¿Pero quién tenía ganas de algo? Puede que la Revolución desterrara nuestra religión en los primeros años, pero en estos días se le cobraban miles de dólares a los turistas por iniciaciones de santería realizadas por charlatanes. Descarados.

Era solo cuestión de tiempo para que los orishas se vengaran.

BERLÍN

I

Ivanito Villaverde

Berlín

Pilar y Azulito llegaron a Berlín a fines de un abril muy lluvioso.
Si no hubiera sido por las matas de lavanda florecidas por todas
partes, la ciudad se habría visto plana y sin rasgos distintivos bajo
el cielo nublado. Flujos constantes de ciclistas pedaleaban por las
avenidas, idénticos en sus sensibles impermeables y sus canastas
delanteras envueltas en plástico. Era complicado explicarle Berlín
a un extraño, pero Pilar no era una extraña.

En el momento en que Ivanito vio a Azul, una oleada de ternura lo inundó. Abrazó al niño como si fuera él mismo a los seis
años. Azul lo miró fijo, cautivado y parpadeando, protegiéndose
los ojos con un saludo débil.

—Eh, ¿qué es eso en tu cabeza? —inquirió.

Pilar lo regañó por ser maleducado, pero Ivanito se alegró.
¡Azul pudo ver su halo! Y lo tomó con calma, como cualquier otra
característica de Ivanito como puede ser su lunar en la mejilla, el
pelo hasta los hombros o su propensión a travestirse.

Ese día, por tercera vez en tres semanas, estaban dando una
vuelta en el zoológico. La naturaleza mostraba sus encantos, las
flores brotaban en el momento justo. Los narcisos se alineaban
en las aceras y los tilos en flor endulzaban el aire con su aroma a
miel y limón. Ivanito y Azul entraron con las manos entrelazadas,

balanceando los brazos al ritmo de un viejo trabalenguas cubano: *Tres tristes tigres tragaban trigo en un trigal.*

—¿Podemos ver otra vez al tigre siberiano, tío? —Azul rogó, tirando de su manga.

Tío era el término que habían establecido para que Azul se dirigiera a él, aunque en realidad eran primos-hermanos. Azul era sobrino de Ivanito e Ivanito era tío de Azul excepto cuando se convertía en su tía, en cuyo caso Azul la llamaba tía Ivanita. También se produjo una avalancha de palabras cariñosas y diminutivos complementarios entre ellos, como *conejito* o "Little Rabbit", uno de los favoritos.

De la nada, Pilar le pidió a Ivanito que hablaran español. ¿Por qué? ¿Para qué practicarlo en Alemania? Ella le dijo que el español de él sonaba aséptico, cosmopolita, extrañamente poco familiar. Por favor. ¿Por qué haber perdido su acento cubano equivalía a traición cultural? Tampoco el español de Pilar era muy bueno, el subjuntivo era casi inexistente en su habla. Sonaba tan contundente como un habanero de la calle: sílabas como navajas; consonantes como tuberías rotas. ¿Habría sacado eso de su madre?

Ivanito lanzó una mirada evaluadora a su prima. Pilar había engordado bastante desde sus días de punk, y su pelo tenía un tono desteñido, como té aguado. Parecía mayor que su edad, cuarenta y un años, en todos los sentidos excepto en cómo vestía, pues era descuidada como una adolescente. (¡Esos tenis tenían que desaparecer!). Hasta que ella llegó, su recuerdo de ella había estado congelado en el tiempo, con su Mohawk negro azabache, sus piercings en las cejas (no había rastro de ellos ahora) y su actitud de "no me importa un carajo".

Por lo que Ivanito podía deducir, Pilar seguía atrapada en la mentalidad punk, quejándose de todo lo que habían perdido, de cómo no había habido nada en su vida tan remotamente emocionante desde su época juntos. Pero ese era el mundo de Pilar, no el suyo. ¿Cuándo entendería ella que él había salido adelante?

Lo emocionó, al menos, ver sus tatuajes de escorpión a juego, vestigios de sus brumosas noches de verano en el miserable Lower East Side. Se cuidaban el uno al otro por ese entonces, se decían Los Gansos, como los fieros gansos que hacían guardia en los patios de La Habana Vieja. ¿Volverían a encontrar esa solidaridad?

Un grupo de niños invitó a Azul a patear una pelota de fútbol en el césped. Él, siendo el extrovertido natural que era, nada que ver con su madre antisocial, salió corriendo a jugar. Algunos chicos gritaban en ruso, otros en alemán o en turco. Su sobrino ya estaba aprendiendo las bases de tres idiomas en los patios de Berlín. Era fácil para él, como lo había sido para Ivanito. Cada nuevo idioma era un territorio por conquistar, otro lugar donde estar.

El halo perforaba el cráneo de Ivanito, como si su madre apretara tornillos invisibles para asegurarlo en su lugar. ¿En qué momento su amor se había vuelto tan despótico? ¿O había sido así todo el tiempo? Un temblor se apoderó de los músculos de su cuello. Era solo cuestión de tiempo, pensó sombríamente, antes de que la maldita cosa le rompiera el cuello. Entonces sería todo suyo. De nuevo.

—Ha vuelto —le susurró a Pilar.

—¿La osa polar perdida?

—No, mi madre.

—¿Eh? No te entiendo.

—De entre los muertos.

La respiración de Pilar se hizo más lenta.

—¿Estás diciendo que tu madre, muerta hace tanto tiempo, está de regreso?

—Correcto.

—¿De regreso? ¿Como en "de regreso en tus sueños"?

—Como en *de regreso, de regreso.*

—¿Regresó a perseguirte?

—Podría decirse. —Ivanito saludó a Azul, que jugaba de portero con el pobre equipo ruso—. Y todavía apesta a ese perfume barato de gardenia.

—No jodas.

Pilar soltó un suspiro empático.

—Espera. ¿Tú me crees?

—Por supuesto que te creo.

—Esto es una locura.

—¿Más locura que tu madre regresando de entre los muertos?

Ivanito se secó los ojos, el rímel le corría. La gratitud le cerraba la garganta como si tuviera una bola de algodón. Nada de lo que se le ocurrió decir parecía adecuado. Quería colapsar en los brazos de Pilar como lo había hecho durante sus primeros meses de soledad en Nueva York. Cuando aquello, ella fue quien lo escuchó, quien le mostró los alrededores. Era una estratega evadiendo a tía Lourdes.

De no ser por Pilar, él hubiera quedado irremediablemente perdido.

—¿Qué quiere contigo? ¿Te ha dicho?

—Me quiere llevar con ella.

—¿Llevarte a dónde?

Ivanito quiso decir "al más allá", pero ya no estaba seguro. Su madre no había aparecido en más de dos meses. La tensión de no saber cuándo regresaría le estaba pasando factura. La espera se había vuelto insoportable.

—¿Has hablado con alguien sobre esto?

—¿Te refieres a un psiquiatra? —Ivanito se encogió de hombros—. ¿Y terminar en un manicomio en algún lugar del campo alemán?

Los cielos estaban cubiertos con ligeras nubes. Desde un rincón lejano del zoológico, un elefante asiático daba muestras de descontento. Durante la Segunda Guerra Mundial, el zoológico había sido bombardeado varias veces. Ivanito tenía recuerdos recurrentes de la carnicería, como si él mismo la hubiera presenciado. Tortugas y cocodrilos hervidos vivos en el acuario. Un puma escapando de las llamas, solo para ser asesinado a tiros por un ama de casa asustada en Lützowplatz.

Ivanito se sentó con Pilar en un banco junto a la pajarera tropical. Un par de guacamayos jacintos se posaban aquí y allá chillando.

—¿Por qué crees que ella regresó ahora?

—¿Quién diablos sabe? Han pasado veinte años. Tal vez la soledad fue demasiado para ella. —El guacamayo más flaco picoteó a su pareja—. ¿Qué pasa si la otra vida es solo otra revolución comunista a la que ella tampoco pertenece?

Pilar dio un soplido.

—Entonces estamos seriamente jodidos.

Ivanito se rio a carcajadas a pesar de su preocupación. Pensó en cómo su madre, una peluquera apolítica de poco talento, había sido juzgada de inútil por la Revolución. Anulada. Tachada de "elemento indeseable" por querer vivir a su manera sin interferencias del estado. ¿Adónde podría haber huido?

—¿La quieres?

La pregunta tomó a Ivanito por sorpresa. Recordó aquella vez que le dio escarlatina y se pasó una semana en cama, delirando. Su madre lo cuidó, le daba pedacitos de hielo para calmar su garganta y le ponía paños frescos en las erupciones. Lo alimentó con guarapo y galletas de coco, confiando en que el azúcar aliviaría sus síntomas. ¿Cómo admitir que no había amado a nadie tanto como a ella, que tenía miedo de perderla de nuevo?

—Hasta en su peor momento, tenía chispa —suspiró.

Pilar abrió un chocolate de Kinder Bueno y le ofreció la mitad a Ivanito. Comieron en silencio. Luego sacó otro de su mochila y también la compartieron.

—¿Entonces por qué estás aquí? —le preguntó por fin Pilar.

Había mil razones por las que él estaba en Berlín, pero ninguna se sentía definitiva. Ivanito trató de explicarle cómo la ciudad le había resultado inmediatamente familiar, partida en dos, un foco cuando la Guerra Fría, un epicentro de la creación de mitos y el olvido. Al igual que Cuba, fue persistente con sus divisiones. ¿Pilar no sentía esto también?

—*¡Auf geht's*, mamá! —Azul venía corriendo, jadeante y feliz. Sus shorts eran demasiado cortos. Al parecer ya había crecido un centímetro desde que llegó a Berlín.

Olieron el entorno de los osos polares antes de entrar. Estos se encontraban disfrutando de un rancio almuerzo de arenques y eperlanos. El lugar estaba repleto de visitantes. El misterio de la desaparición de Bertha y su guardián alimentaba un frenesí de especulaciones: "¡Es un truco comunista, *ohne Zweifel!*". "¡Nuestro alcalde tiene la culpa de esta distracción! *Die Stadt ist bankrott!*". *Ach*, ¿no se han enterado? ¡Un productor estadounidense sedujo a nuestra Bertha y se la llevó a Hollywood!".

Ivanito paró en seco. En línea recta, descansando sobre las escarpadas rocas junto a una *troika* de osos polares, divisó a su madre, lujosamente envuelta en un abrigo de piel blanco. Su altísimo peinado estilo bouffant estaba adornado con gardenias. Llevaba botas gogó de vinilo blanco con espuelas de acero y encendía un cigarro. *Scheisse*, ¡le había robado su boquilla de Marlene Dietrich! y el humo fosforescente flotaba hacia los despistados visitantes.

—¡No te hagas la loca conmigo! —gritó Ivanito, sorprendiendo a los espectadores. ¿Qué más le habría robado su madre? ¡La mataría si la viera con su vestido de cóctel modelo flapper!—. ¡Me cansé de tus juegos!

Gritaba desesperado, como otro *verrückte* obsesionado con la osa polar desaparecida.

Los murmullos recorrían la multitud. ¿Ese loco hablaba con ellos? Algunos lanzaron miradas furtivas en su dirección. Sin embargo, los osos no se conmovieron en lo más mínimo por el estallido de Ivanito. Su madre parecía muy ofendida, pero nadie podía verla excepto él. Tenía un aire amenazador. No estaba muy claro, pero era amenazador. Una valla alta de hierro y un foso con agua turbia los separaban.

—¿Esa es Berta? —preguntó Azul, asombrado.

Su madre dirigió su atención hacia el niño, y él le devolvió la mirada con reverencia. El rostro de ella se suavizó, pero sin perder su astucia. Contempló la belleza y la inocencia de Azul, su entusiasmo por la aventura. A su alrededor, nada se movía: ni un oso, ni una brisa, ni una sola hoja de arce. Hubo un silencio, una ausencia aterciopelada que Ivanito solo había escuchado en la música, como en el prólogo de "L'Orfeo", de Monteverdi, cuando La Música canta: *Non si mova augellin fra queste piante / Ne so'oda in queste rive onda sonante...*

Su madre le lanzó un beso en cámara lenta a Azul. Era todo lo que Azul necesitaba para envalentonarse: en un abrir y cerrar de ojos saltó la cerca como un mono capuchino y se tiró al agua con entusiasmo. Los osos polares notaron el chapoteo. Movidos, tal vez, por un lejano instinto, se arrastraron hasta la orilla con sus gigantescas patas manchadas de negro. El más grande se deslizó hacia el foso, su cabeza en forma de cuña rozó tranquila la superficie sucia. Sus compañeros se sentaron a mirar.

Después de un silencio súbito, los espectadores comenzaron a gritar en seis idiomas. Pilar se quitó las zapatillas de deporte y se catapultó por encima de la valla, cayó de espaldas sobre el foso. Aturdida, se tiró al agua con un *plop* poco ceremonioso. *Mein Gott!* ¿Se estaba ahogando? El coro de una iglesia visitante de Magdeburg comenzó a cantar el "Ave María" de Bruckner en un intento desesperado por distraer al oso que se acercaba.

Por fin Pilar emergió de las turbias profundidades, escupiendo agua. Su brazo izquierdo aseguraba a Azul por el pecho. Los espectadores estallaron en aplausos. Luego nadó con torpeza, aguantando a su hijo hacia el lado cercado del foso, un aplastado lirio del estanque se le pegó en el pelo. (¡No era ninguna ninfa del agua!) *Aaahhh-hombres*, cantó el coro mientras los silbatos de la policía caían sobre ellos desde el este. Si los osos no hubieran estado digiriendo su comida del mediodía, ¿quién podría decir que los acontecimientos no hubieran tomado un giro más trágico?

Ivanito se quedó pegado al suelo. Con una mano tapaba su boca. Su halo chisporroteó con electricidad, sobrecalentando su cuero cabelludo. Un choque de címbalos de cobre reverberó en su cerebro. Mami tenía la culpa de eso. *Estruendo.* Nadie más. *Otro estruendo. Y otro estruendo.* Su final estaba cerca. *Estruendo, estruendo, estruendo.*

Habían pasado horas desde que Pilar y Azul se acostaran, pero Ivanito, con los ojos hinchados, fumaba Camels sin parar y miraba por la ventana de su cuarto, apenado y avergonzado. Huyeron del recinto de los osos polares antes de que llegara la policía. Temía que lo arrastraran a un manicomio si intentaba explicar lo que había sucedido. Así que Ivanito se escondió dentro de un cine donde, cosa imposible, estaban poniendo la nueva película de Almodóvar, *Todo sobre mi madre.* La vio dos veces con la mandíbula apretada. Su comportamiento, cobarde en extremo, era imperdonable.

Más tarde, Ivanito se enteró de que *die Politzisten* les había disparado por gusto algunos dardos tranquilizantes a los osos polares. Incluso acordonaron el recinto con cinta adhesiva para escenas del crimen, y habían interrogado a Pilar y a Azul, aún tiritando, envueltos en mantas térmicas de papel aluminio, y también al coro de Magdeburg. Solo que un breve aguacero había interrumpido el proceso. Supo también que la prensa local había salido en estampida hacia el zoológico y que el incidente fue descrito de manera espeluznante en los tabloides y las noticias de la noche. Y que, por fortuna, sus primos se habían salvado de ser arrestados.

Ivanito no dejaba de disculparse con Pilar, retraída toda la noche. Eso lo desconcertó más que cualquier ira abierta que ella pudiera expresar. (En sus días de punk, sabía que ella era capaz de romper una silla o dos). Así que Ivanito eligió *borscht* y pan de centeno oscuro para la cena, su comida reconfortante rusa, y un *Erdbeerkuchen* para el postre, del cual Azul tenía cuatro rebanadas cubiertas con *Schlagsahne*. Pilar no estaba impresionada. Luego Ivanito pasó horas poniéndole compresas de hielo en su monstruoso moretón, que se extendía desde debajo de los riñones hasta los omoplatos y se veía doloroso y horriblemente colorido.

Solo Azul parecía ajeno a lo ocurrido ese día. La prensa lo había apodado *"Eisbärchen"* (oso polar), lo cual le gustaba. Aunque tenía una fiebre baja, parecía lo suficientemente contento como para entretenerse en el vestidor de Ivanito. Azul se deleitaba con la colección de más de cien sombreros de su tío: escandalosos y recatados, con plumas y sin ellas, seductoramente velados o repletos de atavíos cursis, incluido uno que tenía un broche de gallo de cristal.

No había luna de la que hablar. Afuera reinaba el silencio, excepto por un hombre con un *shapka* de piel de cordero que corría descalzo por Kaiserdamm. Una vez, Ivanito perdió una bota subiéndose a un tranvía en Moscú. Era noviembre y la temperatura estaba muy por debajo del punto de congelación. Para cuando regresó cojeando a su habitación alquilada y mojó su pie en agua tibia, la congelación casi se había cobrado sus dedos. Entonces, como ahora, puso "El amor de las tres naranjas", de Prokofiev, para calmar sus nervios. Terminó una cajetilla de Camels y comenzó a fumarse otra.

El reloj de pie dio las cinco. Su único consuelo a esa hora era la vista de sus libros, que estaban ordenados por idioma en sólidas librerías de pared a techo. Había tenido cientos de títulos, aunque no había leído tantos, obligado como había estado a abandonarlos en ciudades anteriores. Pushkin, Gogol, Tolstói, Chéjov, Bulgakov eran más preciosos para él que cualquier amante o amigo.

Ivanito se paseaba por el cuarto mientras su halo hacía tartamudeos y pitidos. Melindroso como era, reorganizó las camisas en su tocador Biedermeier, aunque ya estaban apiladas en orden. ¿Qué próximo truco haría su madre? (¡Ella tenía toda la eternidad para conspirar contra él!) ¿Podría evitar que ella cometiera otro acto indescriptible? ¿Podría desmantelar la maquinaria destructiva, con sus engranajes, palancas y puntos de eyección en relación con el pasado de los dos?

¿Qué le ofrecía Mami de todos modos? ¿Una muerte idealizada para compensar la vida que ella había estropeado en la tierra, para acabar con la catástrofe diaria que era ser su hijo? ¡Qué cansado estaba de sus convenientes amnesias, de sus pretensiones de haberlo protegido! ¡Ella era la que necesitaba la protección de *él*! De niño había sido su defensor, su confidente, su pareja de baile privada. Todo lo que un niño no debería ser. Sin embargo, durante un tiempo él también había sido el centro de su mundo, y eso había significado todo para Ivanito.

Ach, estaba claro que no iba a dormir nada, incluso con la dosis doble de valeriana. Ivanito consideró escabullirse al karaoke abierto toda la noche en Kreuzberg, o ir a esa discoteca retro en Neukölln, donde los hombres estaban aceitados como bebés, llevaban pantalones cortos plateados y bailaban en jaulas. Una noche de borrachera, Ivanito se había apoderado de una jaula, entre aullidos y gritos considerables. ¿O tal vez debería hacer una visita a San Sebastián, la mazmorra en Friedrichshain que tenía escapularios de cactus y una Code Blue Room?

Pero ¿cómo arriesgarse a dejar a Azul desprotegido? *Noch nie!* Debía vigilarlo y dormir con un ojo abierto, si era necesario, con tal de proteger a su sobrino. No, no dejaría que su madre se acercara a Azulito.

Ivanito sacó una pila de sábanas de su armario y comenzó a cubrir los espejos de su apartamento, tenía la esperanza de evitar así otra visita fantasmal. En el espejo del armario de caoba había un parpadeo: una elegante pareja bailaba al son de un bolero. Flotaban lánguidas sobre el suelo de baldosas a cuadros, con ojos soñadores y enamorados. ¿Se estaría imaginando la melodía de "Lágrimas Negras"? La música aumentó un poco y luego

se detuvo. La pareja se retiró a las sombras. A regañadientes, Ivanito cubrió con una sábana de satén negro el espejo donde acababa de verlos.

Casi amanecía cuando Azul entró tropezando a la habitación
de Ivanito (¿era sonámbulo?) y se metió debajo del edredón, murmurando algo en turco. La respiración constante del niño lo tran-
quilizó. Era como si su propio yo, más joven, estuviera surgiendo
dentro de él como una sombra vigilante, observándolos a ambos.
Ivanito sintió que sus historias convergían, que su pasado y su presente se fundían en un todo peligroso y sin fronteras.

2

Irina del Pino

Berlín

Irina esperaba impaciente a su hermana junto al monumento con-
memorativo de la guerra soviética en el extremo este del Tiergarten. En su bolsillo llevaba la fotografía con Javier del Pino cargándola cuando era una niña. ¿Esa imagen tranquilizaría a Tereza o la
devastaría? Después de estar dos meses separadas, a Irina le preo-
cupaba de vez en cuando que su gemela fuera un truco de su mente, una manifestación de añoranza o locura. Todo lo que una vez
había aceptado como racional ya no era cierto.

A la mañana siguiente del tango, Irina regresó a Moscú para ad-
ministrar su fábrica de lencería. Ella y Tereza comenzaron a hablar
por teléfono casi todos los días, comparaban sus historias, discutían sobre política (su hermana era una socialista comprometida,
pero a Irina le quedaba cero conciencia de clase). Así planearon el
reencuentro. En lo que llegaba la cita, Irina había sobornado a un
funcionario del Ministerio de Salud para acelerar la entrega de su
certificado de nacimiento en Praga. El documento le demostró, ine-
quívocamente, que Maminka había dado a luz a una sola hija: ella.

¿Cómo es que Tereza había desaparecido de los registros oficiales?

El monumento a los caídos era ostentoso, diseñado para torcer
la historia y sus mentiras. Irina desconfiaba de cualquier demos-
tración oficial de heroísmo o nacionalismo. Examinó los tanques y

obuses en el monumento e inspeccionó la dedicatoria a los ochenta mil soldados soviéticos que habían muerto en el asalto a Berlín en 1945. La placa omitía convenientemente que Stalin y Hitler habían sido aliados durante los dos primeros años de la guerra y que se repartieron Polonia entre ellos. Entonces, ¿los enemigos de los muertos construían monumentos a sus víctimas? *Pozhaluysta* (¡Por favor!).

Antes de la perestroika y la glásnost, la Unión Soviética había estado definida, y unificada, por la guerra. ¿Pero qué definía a Rusia hoy? ¿Qué deseaba su gente? ¿Una mayor oferta de salamis? ¿La opción frívola de tener mandarinas? ¿Mansiones en el Mar Negro como las de los oligarcas y cleptócratas de la nación? Irina no era fan de esos ladrones, pero ¿de qué le servía idealizar el pasado? En su opinión, el capitalismo pragmático, no el robo desenfrenado disfrazado, era la mejor solución a largo plazo para Rusia.

El cielo amenazaba con lluvias y el viento se estaba agitando, tumbando las hojas de los castaños. Irina se recogió el cabello en un moño y se abanicó el cuello, el día era inusualmente fresco para la estación. Por fin divisó a Tereza en la distancia. La puerta de Brandenburgo quedaba detrás de ella y corría con un paraguas negro bajo el brazo. Se abrazaron durante mucho tiempo, como si estuvieran seguras de que la otra era real.

—¿Lista? —preguntó Tereza.

A pocos metros de distancia, su madre languidecía en un asilo para ancianos en Mitte. Había sido idea de Tereza aparecer juntas y sorprender a Mutti para que les dijera la verdad. ¿Fue Elsa Meier la artífice de su separación? ¿La guardiana de su historia originaria? Las gemelas se dirigieron hacia Wilhemstrasse. Un niño turco pregonaba fresas en un alemán impecable. Irina le entregó un billete de veinte marcos y le dejó el cambio.

El asilo estaba asentado sobre los cimientos de un edificio de antes de la guerra, lleno de agujeros de bala. El pasado de Berlín era con frecuencia visible debajo de la nueva arquitectura aniquiladora, como secciones transversales geopolíticas. Un par de astas de ciervo estaban montadas en la pared detrás del mostrador de recepción, macabras y amenazantes. Más inquietante aún fue el graznido del loro mecánico en una jaula de bronce: ¡*Willkomen, alle zusammen!* Dormida en su pequeña habitación en el último piso, Elsa Meier parecía reducida a una fracción de lo que alguna vez fue una mujer descomunal. Era difícil imaginar que esa anciana hubiera tenido una aventura escandalosa con un taxidermista casado, según la historia de Tereza. (Al parecer, le había regalado un tejón increíblemente realista por su cumpleaños). En la mesita de noche había un pequeño busto de yeso de Lenin, un jacinto en una maceta y un puñado de lapiceros soviéticos verdes. Las jardineras de las ventanas tenían geranios caídos. ¿Serían esas las últimas cosas vivas que vería Elsa Meier?

—Mutti, soy yo. Traje a alguien a verte.

Los ojos de su madre se abrieron. Lucían vidriosos, sin reconocimiento. Ella se mantuvo soltera durante toda la infancia de Tereza, y eso había causado miradas de desaprobación por parte de sus vecinos despóticos. Además, tenía que lavar el pez dorado que era la mascota de su hija debajo de la pila de la cocina todas las noches.

Tereza puso una fresa debajo de la nariz de su madre. Mutti la chupó, tallo y todo, luego procedió a triturarla con sus encías. El jugo resbaló por su bata de casa descolorida. Tereza le dio de comer más fresas, hasta que una enfermera asomó la cabeza por la puerta y le advirtió que tenía diarrea.

—*Bitte, hör mir zu* —le dijo Tereza a su mamá, pero Mutti estaba obsesionada con las fresas—. Suficiente por ahora. La enfermera dice que si comes demasiadas te pueden caer mal.

Irina sintió un martilleo vidrioso en su cerebro, como si los recuerdos por tanto tiempo reprimidos estuvieran abriéndose camino hacia la superficie. *Blyad*'! ¿Había conocido a Elsa Meier antes? ¿Era ella la ladrona que había robado a su hermanita del hospital? ¿Y por qué había escogido (o conseguido de forma ilegal) a Tereza y no a ella? Irina se estremeció al pensar en la vida alternativa que por poco habría tenido.

—Párate a mi lado —le susurró Tereza—. Que nos vea juntas.

Las gemelas se alinearon hombro con hombro, dándole a Mutti tiempo para darse cuenta de la presencia de la otra. Se quedó inmóvil. Solo sus ojos legañosos y sin pestañear se movían entre las dos.

—Cuéntanos lo que sabes. —El tono de Tereza era cauteloso—. Estamos ante ti como prueba de lo que has escondido.

El rostro de su madre se apagó. Tenía un silencio obstinado en la mirada. ¿Qué otra arma tenía? Irina la habría sacudido con gusto, la habría puesto patas arribas con tal de que la verdad resonara fuera de ella como monedas sueltas. Mutti se frotó los ojos, se tumbó en la almohada y miró fijo hacia el techo, con una expresión desagradable. La cosa no iba a ninguna parte.

Luego, sin previo aviso, comenzó a cantar con voz aflautada: *Auferstanden aus Ruinen / und der Zukunft zugewandt, / laß uns dir zumGuten dienen...* Tereza miró a Irina.

—Es el himno nacional de la Alemania Oriental —le dijo.

Era como estar sentado en las ruinas vacías de un teatro viendo la última actuación en la tierra.

—Por la paz y el socialismo, ¡estén listos! —Mutti espetó.

—¡Siempre lista! —respondió Tereza reflexivamente.

Su madre levantó un débil puño.

—Solidaridad con la clase obrera internacional.

—*Das Reicht*, Mutti.

Irina se mordió la lengua. Si ella no tenía cuidado, saldrían comentarios imprudentes de su boca. Ella y su hermana eran las dos partes opuestas de un reloj de arena, pero se recordó a sí misma que cada grano era precioso, más después de todo lo que habían perdido. Estaba claro que Tereza llevaba las promesas del socialismo en su corazón. Si ella necesitaba cantar y bailar una canción sobre la RDA, que así fuera.

—Tuve un sueño —dijo la anciana, inspeccionando de forma distraída su vientre flácido.

—¿Qué fue, Mutti? ¿Qué soñaste?

La madre miró boquiabierta a Irina.

—Que había dos de ustedes, Liebling. Dos hermosas niñas solo para mí.

La cabeza de Irina daba vueltas. ¡Cerda de mierda! ¿Se estaba burlando de ellas con una pseudo-confesión? ¿Manipulaba su delito como un sueño falso? ¡Cuánto quería Irina arrancarle esa nariz ancha de su cara!

Pero los ojos de Tereza le suplicaban que no dijera nada.

—Cuéntame más sobre el sueño.

Su madre se recostó contra las almohadas, paciente como una piedra antigua.

—Soy experta en polietileno, ¿sabías? —proclamó Mutti.

Nada que ver con nada. Había sido química en una Kombinat de Berlín Oriental durante veintiséis años antes de sufrir un derrame cerebral y la consiguiente pérdida de memoria, la cual empeoró ante el impacto de la caída del muro hasta hacerse lo suficientemente grave como para calificar para una vida asistida.

—Ja, ich weiß das.

Tereza estiró la manta de su madre hasta las rodillas, dejando sus pies descalzos afuera. Ugh. Había algo groseramente indecente en los dedos gotosos de Elsa Meier. Tereza jugueteó con el zíper roto de su mochila y desenvolvió un Mettwurst brötchen. Los ojos de Mutti se iluminaron. Lo devoró tan rápido que casi se ahoga.

—Es hora de descansar.

—Naja, duerme, duerme —murmuró Mutti. Aún le quedaba algo de salchicha en su barbilla—. Bien podría estar muerta.

Luego cerró los ojos, tarareó un fragmento de una canción de cuna ("Der Mond Ist Aufgegangen") y se hizo la dormida.

El café tenía un elegante ambiente vienés de la década de 1920, como si las destrucciones de la Segunda Guerra Mundial nunca hubieran ocurrido allí. Animados valses se escuchaban de fondo, intercalados con una Wienerlieder o alguna que otra polonesa. Irina pidió más café. Era rico y fuerte, mejor que cualquier cosa en Moscú.

—Estaba desesperada por irme de ahí —admitió—. Sé que ella te crio, pero...

—Pero ¿qué?

Irina se retractó. Después de todo, su hermana no tenía la culpa. Se negaba a permitir que la madre de Tereza saboteara su relación. Su propia madre tampoco había sido un modelo a seguir. Maminka había regresado de Kabul adicta a la morfina que le había administrado a los soldados soviéticos moribundos. Ya no existía la mujer que había leído a Chéjov, con quien buscaba portobellos grandes como platos, que le hacía pedicuras a Irina los viernes por la noche con las toallas y cubos de agua tibia jabonosa de la cocina comunitaria.

—Es solo que... muy bien podría yo haber estado en tu lugar.

—Ninguna de las dos tuvo la vida que le correspondía —dijo Tereza.

Irina recordó, como había hecho mil veces desde la noche del tango, hasta las probabilidades imposibles de que se encontraran. ¿Había sido un error desenterrar los restos de sus pasados? ¿Podrían adaptarse a los vacíos que nunca conocerían?

—Me frustra no poder saber lo que pasó —dijo Tereza—. Pero ¿qué puedo hacer si Mutti no se acuerda?

—O está decidida a olvidar.

Irina deslizó la foto de Javier del Pino en la mesa.

Su hermana la miró fijo, como si pudiera darle vida. No se podía negar el parecido entre los dos, hasta tenían los mismos lunares reveladores en sus mejillas.

—*Unglaublich.* —Tereza apenas se oía en el barullo del café—. Incluso aprender tango fue algo alimentado por una suposición falsa.

Los peatones aguantaban un aguacero violento bajo el toldo del Café Einstein. Los camareros pasaban corriendo con sus uniformes blancos y negros, las bandejas en alto con tentadores Wiener schnitzels, ensaladas de ternera marinada, tortas Sacher.

—Me pasé dos meses en Buenos Aires tratando de encontrar a un padre que no existía. ¡Mutti me dejó vivir esa farsa sin una palabra de desánimo! *So ein Mist!* —Tereza se secó los ojos—. Sin embargo, necesito perdonarla. ¿Sabes?, quedó huérfana cuando era una bebé en los últimos meses de la guerra. Su vida no fue fácil.

—Evítame su victimización. —Irina se contuvo.

—Además, ella trató de darme todo. Fui la primera en mi escuela en tener patines.

—Ella robó tu identidad.

—La quiero. ¿Qué opción tengo?

—Falsificó quién eras. Te silenció.

—Si no puedo amarla, ¿qué me queda? —Tereza parecía afligida—. Mi país desapareció de la noche a la mañana, Irina. Y con él, mi propia historia. He perdido la vida dos veces.

El celular de Irina sonó: era la nueva directora de su fábrica en Moscú. Masha Nikolayevna le informó que nueve empleadas habían estado robando productos del almacén para venderlos en el mercado negro. Irina decidió dejar que Masha se hiciera cargo. ¿No era para eso que la había ascendido?

Irina terminó la llamada y continuó con su hermana.

—Pensé que los archivistas eran objetivos y sensatos.

—Ja, pero solo con los archivos.

—¡Bueno, no hay nada de sensato en tu tango! —bromeó.

Tereza era una persona diferente cuando bailaba: libre, sexy, segura.

—La pobre Mutti ya es un fantasma.

—Eso es lo que le gustaría que creyeras. La dejaría libre de la culpa.

—¿Y si esta mentira fuera la única irregularidad de su vida?

—¿Un acto que duró veintinueve años? ¡No fue solo una cosa, sino un millón de cosas!

—¿Y qué hay de *tu* madre? —Tereza arremetió—. ¿Cuál fue su papel en todo esto?

Irina estaba desconcertada por la acusación. Maminka era imperfecta, pero nunca habría entregado a su propia hija.

—No puedo imaginarla prescindiendo de ti.

—Hay muchas cosas que no nos podemos imaginar y, sin embargo, sucedieron. ¿No te alejó de tu padre?

—*Nuestro* padre.

—Tenemos que reconsiderar todo lo que creíamos saber. Los hechos, incluso si pudiéramos establecerlos, nunca contarían la historia completa.

Irina llamó al camarero y pidió Leberkäse con ensalada de papas. Su hermana pidió un sándwich club con papas fritas. También se parecían en eso: su hambre aumentaba bajo el estrés.

—Una parte de mí siempre supo que existías. —La voz de Tereza se redujo a un susurro—. De niña, solía dibujar autorretratos dobles, uno tras otro. Como si siempre hubiera dos de mí. Los dibujos molestaban a Mutti, pero ella nunca me dijo por qué. Cuando te conocí, por fin todo tuvo sentido. Eras tú a quien había estado extrañando todo ese tiempo.

Pero Irina nunca había intuido que le faltaba una "otra". ¿Sería una deficiencia de su parte, o la ausencia de su padre había desplazado cualquier otra pérdida?

—¿Crees que él sabía que éramos dos? —preguntó Tereza.

Irina volvió a examinar la foto de su padre.

—¿Podría haberse visto tan feliz si hubiera sabido que faltaba una de nosotras en la foto?

Comieron en silencio, la foto entre ellas. Sin pedir permiso, compartieron la comida de sus platos: una tira de tocino por aquí, una cucharada de Kartoffelsalat por allá.

—Pero tengo noticias. —Tereza se inclinó, su estado de ánimo estaba mejorando—. Un descubrimiento que hice esta mañana. Es por eso que llegué tarde.

—Dime.

—Estaba investigando sobre la parte cubana de nuestra familia y me encontré con esto.

Irina escaneó una impresión borrosa.

—¿Quién es ese?

—Tenemos un primo en Berlín.

—¿Qué?

—Es el sobrino de nuestro padre, hijo de su hermana Felicia.

—¡No puedo creerlo! *Eto bizumiye!*

—Es un artista.

—¿Cantante?

—No, drag queen. Aunque también es traductor. Habla cuatro idiomas, incluido el ruso.

—¿Ruso? —Irina estaba incrédula—. ¿Cómo encontraste eso?

—A veces, Liebe, es más fácil rastrear a los vivos que a los muertos.

3

Pilar Puente

Berlín

Fue un milagro que nos quedáramos en Berlín después de la actuación de Ivanito en el zoológico. ¡Qué cobarde! Se fue justo cuando los policías llegaron con sus silbatos y pistolas de dardos. Por suerte, Azul nos sacó de ese circo con el alemán que había aprendido jugando. En estado de shock total, y con la espalda psicodélicamente magullada, hice las maletas, decidida a regresar en el próximo vuelo a Los Ángeles. Pero Ivanito no quiso oír hablar de eso. Lanzó una campaña ininterrumpida de automortificación, renunciando a los cigarros (por un tiempo) y amenazando con azotarse a sí mismo con un látigo.

Funcionó. Aquí estábamos, dos semanas después, todavía juntos, todavía en familia.

El próximo espectáculo drag de Ivanito se estrena en junio y él se la pasa ensayando de forma frenética todo el día. Azul se ha convertido en su sombra, su diminuto ayudante: hasta él sincroniza sus labios con las canciones de La Lupe, hace la coreografía, elige los adornos para el vestuario. Pone sus manos regordetas en su corazón, fingiendo un amor abandonado. Azul es alarmantemente convincente. Va más allá de la mímica y el movimiento táctico de las palmas de las manos. ¡De verdad siente esas letras!

Sé que guardaste tu carcajada más brutal
Para anunciarle al mundo entero mi final...

¿Y qué pinto yo, la residente Hausfrau, en medio de este melodrama? Pues arreglo una fuente de porcelana Meissen de los años 30 que Azul rompió sin querer, bailando, una vigorosa rumba. ¿Qué otra madre de un niño de seis años habría tenido que lidiar con algo así? Azul se cortó una rodilla cuando cayó sobre los fragmentos de porcelana. La cicatriz resultante era idéntica a una que tenía Ivanito en una de sus rodillas, lo cual agradó a ambos. Como camarones en conjunto se habían puesto de acuerdo.

La fuente rota había sido pintada a mano, tenía dibujos de dragones color bermellón al estilo de las chinerías antes populares en Europa. En la parte de atrás, había dos espadas azules cruzadas, muestra de la autenticidad de la porcelana. Dejando a un lado todo el pedigrí, se sentía bien reparar algo que estaba roto. Poder transformar un objeto con mis manos. Me hizo querer dar forma a un trozo de arcilla de nuevo, guiar una hoja de sierra a través de la piedra. Volver a mi estudio, volver a trabajar.

Había oído hablar del kintsugi cuando era estudiante. Es una antigua técnica japonesa para restaurar la cerámica rota con costuras de oro amalgamado. Fantaseaba con viajar a Kyoto y aprenderla de los maestros. ¿Podría impulsar el kintsugi en nuevas direcciones escultóricas? ¿Darle vida a una venerable tradición? ¿Reensamblar así montones de pedazos sueltos para hacerlos objetos improbables y abstractos? Sabía lo arrogante que sonaba, pero nada me había emocionado tanto en años. "Solo el trabajo que es producto de una compulsión interna puede tener significado espiritual".

Gracias, Walter Gropius.

Ivanito y Azul seguían bailando al ritmo de otro tema de La Lupe, una animada guaracha. Me arrepentí de no haber aprendido a bailar, otra señal más de que era una falsa cubana. Ivanito había aprendido sus movimientos de su madre, Tía Felicia. Había pasado su infancia balanceándose y desmayándose con los boleros de Benny Moré. Ahora él podía bailar con cualquier cosa y con cualquiera. Hace mucho tiempo lo vi danzar un mambo perfecto con mi madre, que también era, aunque odiara admitirlo, una bailarina fantástica.

Mi única especialidad era saltar en el lugar al tiempo que levantaba mi puño en el aire. En el épico *hardcore* que aconteció en el show inaugural de nuestra banda Autopsy en el Mudd Club, salté del escenario hacia la multitud. ¡Coño, me habré roto una costilla, pero fue la fiesta más loca de mi vida! Cómo Ivanito salió ileso de esa noche seguía siendo un misterio.

—¿Sabías —me dijo, sin perder un paso de baile— que la estación de radar electrónico de los soviéticos en Cuba se llamaba LOURDES SIGNIT? Por "Inteligencia de Signos".

—¿Qué carajo?

—Las ironías no se acaban.

La casera golpeó una escoba en el techo de su apartamento. Ivanito la llamaba "la mandril" por sus fosas nasales crónicamente inflamadas. Esa mona se quejaba de todo: de las facturas de los servicios públicos, de nuestro nivel de ruido, de la peste a ajo en el hueco de la escalera. Y eso que Ivanito le pagaba un extra mensual por la calefacción y el agua de más que usaba para sus plantas. Cooperé con otros veinte marcos a la semana para compensar nuestra visita. Por suerte, "la mandril" se iría pronto a visitar a su hermana en Tübingen.

La mayor parte de los días, Ivanito, Azul y yo deambulábamos por la ciudad, íbamos al Gendarmenmarkt, al Tiergarten o al parque de diversiones Spree. Tenía una montaña rusa estremecedora que era una reliquia de los días de la RDA, y desde la estrella se podía ver cincuenta millas a la redonda de Berlín, desde los rascacielos de Neukölln hasta la resplandeciente cúpula ultramoderna del Reichstag. Los domingos nos lanzábamos al karaoke en Mauerpark o asistíamos al té semanal Her Queer Majesty en Friedrichshain, donde Ivanito era tratado como de la realeza.

El arte contemporáneo florecía allí, sin embargo, nada me impresionó. Estaba mucho más intrigada por el arte crudo que se hacía por la parte este del muro, como el mural de Brezhnev y Honecker besándose, titulado "Dios mío, ayúdame a sobrevivir a este amor mortal". Ivanito y yo admirábamos a casi los mismos artistas vivos, Nan Goldin, Annette Messager, Louise Bourgeois, y estábamos apasionadamente alineados contra el despreciable Jeff Koons.

Pero fue una exhibición especial sobre artistas de Weimar la que me asombró: los fotomontajes subversivos de Hannah Höch ("Desde arriba" y "Vuelo"), las perturbadoras imágenes de Christian Schad (*Autorretrato*) y los trabajos de Otto Dix ("Metrópolis" y "A la belleza"). También me impresionó cómo Max Beckmann ("Sociedad de París") y George Grosz ("Eclipse de sol") destilaban la locura y la desolación de la época en visiones singulares. Todo de ellos encarnaba lo que Haru me dijo una vez que eran los dos elementos del gran arte: repugnancia y reverencia.

Lo entendí mejor ahora que cuando me lo dijo.

El reloj de pie de Ivanito dio la medianoche. Se acabó el tiempo, pero ¿para qué exactamente? Ya había pasado la hora de acostarse de Azul, mas era imposible que me hiciera caso. Él e Ivanito estaban en medio de otra rumba de alto octanaje. ¿Quién era yo para interrumpir su diversión? ¿Y cómo diablos me había convertido en esa persona que apagaba las fiestas?

—Hora de dormir —dije, miserablemente.

—¡Solo un baile más, mamá! —Azul suplicó, luego se palmeó el trasero como La Lupe.

Ivanito me sacó diez minutos más con una botella de brandy cuya etiqueta decía PEOPLE'S OWN DISTILLERY. Sabía tan mal como sonaba. Apenas apaciguada, volví a la fuente rota. La resina epoxi que estaba usando para volver a armarla atenuaba el color de los dragones pintados a mano, así que la mezclé con un poco de brillo del tocador de mi primo. Aunque lo que en verdad quería hacer era romper la fuente de nuevo y crear algo que fuera del todo diferente.

Justo antes de acostarme, Ivanito decidió que necesitaba una lección de modales.

—No dejas una buena impresión ni cuando vas ni cuando vienes —me dijo.

Claro. Como si ese fuera mi objetivo en la vida.

—Ahora, levántate, Pilar. ¡Deja de encorvarte! Extiende los brazos como una prima ballerina.

Gruñí.

—¡Hazlo, mamá!

A ese paso, Azul también se haría drag queen o un general cinco estrellas.

Me esforcé con un mínimo de gracia, pero mis rodillas crujieron cuando me incliné torpe hacia adelante.

—¡Eso se oyó hasta en el balcón!

Azul chasqueó la lengua como su tío. Gracias, oh, mi carne preciosa.

—Hasta en la parte de atrás del balcón —corrigió Ivanito.

Luego hizo la reverencia más exuberante y ligera que jamás había visto. ¿Cómo hizo eso en tacones de aguja?

Azul se quedó dormido envuelto en su boa de plumas de avestruz. ¿Ya no le hacían falta los animales de peluche? ¿Ni los cuentos para dormir? Lo miré descansar y pedí que estuviera bien. Lo amaba ferozmente. Pero ¿era demasiado permisiva? ¿Él necesitaba un padre como decía mi mamá? Me dije a mí misma que Azul estaba pasando el mejor momento de su vida en Berlín, obsesionado con las divas cubanas, los osos polares y aprendiendo alemán. Las cosas podrían ser mucho peor.

Me quité el delantal salpicado de pegamento y le hice señas a Ivanito para que se sentara conmigo en el sofá color vino. Para mi sorpresa, apoyó la cabeza en mi hombro. Ninguno de los dos habló durante un rato. Era una tradición milenaria que las madres cubanas colocaran alfileres de ónix en los pañales de sus bebés contra el mal de ojo. Mamá y tía Felicia lo habían hecho, pero quizás necesitábamos llevar el mal de ojos contra *ellas*.

—¿Alguna vez piensas en ese momento? —le pregunté.

—¿Te refieres a la embajada peruana?

Ivanito sabía justo a lo que me refería.

—Siempre me he preguntado si hice lo correcto.

Fue la gran división de su vida. Ivanito solo tenía trece años y su madre acababa de morir. Estaba confundido, abatido, vulnerable. Mamá aprovechó esa vulnerabilidad para llevárselo en medio de la noche, justo debajo de las narices de abuela Celia. Temprano en la mañana siguiente, mi abuela y yo corrimos a la embajada, decididas a llevarlo a casa. Pero lo que encontramos fueron miles de desertores amontonados en los terrenos de la embajada, todos esperando la oportunidad para salir de Cuba.

Fue un milagro que yo encontrara a mi primo.

Ivanito levantó su cabeza de mi hombro y me miró largo rato, como si reviviera el momento.

—Estaba aterrorizado ante la idea de irme —dijo al fin—. Pero tenía más miedo de quedarme.

—Tu corazón latía tan rápido cuando te abracé.

—Cuando te vi, supe que tenía que irme.

—Pero ¿y si te hubieras quedado?

El temporizador del horno se apagó. Ivanito estaba recalentando un pollo asado.

—Mami estaba muerta. ¿Qué me quedaba en Cuba?

—Le mentí a abuela, le dije que no te había visto. Por supuesto, ella sabía la verdad.

La primera vida de Ivanito terminó ese día y comenzó la segunda. Me sentí culpable por ayudarlo a escapar de la isla. Eso me alejó para siempre de abuela Celia. ¿Lo haría de nuevo, dada la oportunidad? En retrospectiva, el episodio se sintió tan contaminado y enredado por los planes de mí madre que era difícil saber con certeza. Pero, sí, seguro lo haría otra vez.

El viaje de Ivanito a Nueva York le tomó dos meses agotadores. No hubo tiempo para despedirse de nadie ni de nada. Un desarraigo brutal. Por casualidad se había llevado el diario en blanco de su madre. Escondido, adentro, había una foto de ella joven y hermosa en la playa de Santa Teresa del Mar. Era la única foto que tenía de su madre. No tenía nada más para mostrar de dónde había venido, ni evidencia de todo lo que había perdido. Después de sus primeros desolados meses en Brooklyn, Ivanito estaba convencido de que era intrasplantable.

—Eras un desastre —le dije.

—Me tomaste bajo tu ala.

Abracé a Ivanito, como cuando tenía trece años y estaba solo y nostálgico en Nueva York (como si tener trece años no fuera lo suficientemente difícil). En última instancia, fue nuestra solidaridad en contra de mí madre lo que nos unió.

—Lourdes Puente tenía grandes planes para ti —dije impasible—. "¡Imagínate, mijito, podrías manejar mis panaderías Yankee Doodle de costa a costa!".

Mi imitación fue perfecta. Eso, al menos, lo hizo reír.

Le recordé a Ivanito lo irresistible que él se volvió en Nueva York tiempo después, un exótico cubano "otro". En aquellos días, "¿de dónde eres?" era una pregunta normal, no la provocación en que más tarde se convertiría. Incluso durante los estragos de los años del SIDA, Ivanito se comportó como si tuviera vidas de sobra. Pero nunca dejó de pensar en la sombra de la vida que había dejado atrás en Cuba.

Me metí en la cama, pero estaba demasiado cansada para dormir. Pensé en Haru y en cómo me había dejado inútil para el romance. Ese tipo de amor obsesivo y ruinoso corría en mi familia. Abuela Celia tuvo a su español. Ivanito, a su bailarín ruso. Y yo estaba atrapada con el desaparecido Haru. Nuestros pasados estaban llenos de escombros de desamor. ¿Eran nuestros destinos una maldición familiar? ¿O al menos tuvimos la suerte de conocer la pasión?

Haru me habló una vez de los *yūrei*, fantasmas atrapados entre este mundo y el siguiente, en un purgatorio de asuntos pendientes. Eso podría haberse aplicado a nosotros, excepto por el hecho de que permanecimos abandonados en el planeta Tierra.

Azul se retorcía a mi lado. Sus labios se movían en silencio, réplica en miniatura de su padre. Ansiaba soñar lo que él soñaba, volar con él a donde quiera que él volara. Pero había cosas que nunca sabría de él. Y esas cosas desconocidas se multiplicarían con cada día que pasara, cada año que pasara, hasta que nos volviéramos extraños que se querían el uno al otro, un misterio entre madre e hijo.

4

Irina del Pino

Berlín

Fue idea de Irina ir a un club de lesbianas esa noche. La terrible experiencia con la madre de Tereza la había dejado más agotada que un mes de trabajo en su fábrica de Moscú. Era el momento de relajarse, de dejarse llevar, de volver a encontrar placer en la vida. Su hermana no fue fácil de convencer, pero Irina no había ascendido a la realeza de la lencería conformándose con negativas. Para ella, un "no" era una invitación, un desafío, el primer paso en una danza de seducción. Además, se había puesto un corsé negro debajo de su mono para tener más suerte.

El club estaba cerca de Winterfeldtplatz. Tereza afirmó que su nombre, Alles Ist Möglich (todo es posible), provenía de un famoso grafiti pintado en una pared en ruinas en Mitte. E Irina sin duda trataba de vivir como si todo fuera posible. Era su lema de facto. Entrar en el club era como descender a un reino fluorescente e ingrávido. Había una tentadora variedad de mujeres, femeninas, menos femeninas, marimachos, más masculinas, abarrotando el bar, que estaba presidido por una muchacha pálida y coqueta con rastas decoloradas.

—Danos tu bebida más original —pidió Irina.

—¿Seguro que confías en mí? Puede que necesites una palabra de seguridad.

—No necesito palabras de seguridad, Hübsche.

La camarera se sonrojó, pero se puso a trabajar y les sirvió dos cócteles que sabían a una fusión de menta y queroseno.

—¿Cómo le dices a esto? —preguntó Irina.

—Todavía no tiene nombre. Me lo acabo de inventar.

—Creo que tomaré una copa de chardonnay. —Tereza le entregó su cóctel a Irina, que se lo bebió de un trago.

La música ambiental techno alternaba extrañamente entre Pink Martini, U2 y punk setentero. La mitad del club estaba bebiendo o bailando, la otra mitad paseando como tetras de neón. Una mujer musculosa con una camiseta sin mangas inició una conga en una esquina del club.

Irina se volvió hacia su hermana.

—¿Cuánto vale la verdad para ti?

—Sin duda, no tanto como para ti.

—Pero eres una archivista.

—No de los secretos de Mutti, ya te lo dije.

Tereza apenas tocó su vino, como si hubiera decidido cuidar su sobriedad.

—Ella tendrá sus razones —agregó.

—¿Y qué pasa con la necesidad que tenemos de saber qué carajo pasó?

—No necesito el remordimiento de mi madre. Me niego a atormentarla.

—Ay, por favor.

—Está en su lecho de muerte. ¿No puedes entender eso?

—Con más razón, ¡es nuestra última oportunidad! —Irina no quería comenzar otra discusión ahora, pero ¿cómo podría darse por vencida?—. Nos estás condenando a la ignorancia, a la oscuridad.

—Así es la mayor parte de la historia —interrumpió Tereza—. Es una ilusión pensar que podemos aclarar el pasado. En cualquier caso, es una cuestión más de olvidar que de recordar.

—¡Solo *tu* olvido es voluntario!

—Cada archivista necesita desechar lo que considera inútil.

—¿Inútil? *Blin!*

Su hermana rompió en llanto.

—No podemos simplemente exprimirle la verdad a Mutti.

—¿Por qué no me dejas intentarlo?

—¡Porque no te detendrías con nada!

Irina retrocedió. Su hermana tenía razón, tenía que admitirlo. Con facilidad estrangularía a esa odiosa bruja con tal de saber lo que ella sabía. Una dandi con pajarita y bigote tipo lápiz, a lo Weimar, invitó a Tereza a bailar. Fue algo incoherente ver a su hermana soltarse con U2. Irina solo la había visto bailar tango.

It's all right, it's all right, it's all right
She moves in mysterious ways...

Pidió un tercer cóctel de menta y queroseno y levantó un dedo para pedir un cuarto. Qué paradójico era que su hermana archivista estuviera dispuesta a rendir sus pasados mientras que ella, que había sobrevivido manteniendo siempre la vista en el futuro, insistía en tenerlos en cuenta.

Una lesbiana ultrafemenina con una minifalda fucsia ocupaba el taburete vacío de Tereza. Era pequeña, lujosa y aterciopelada como una caja de anillos. Antes de que pudiera levantar una ceja, Irina se inclinó y le susurró al oído.

—Eres hermosa. Si todavía estás aquí dentro de una hora, pasaré por ti. Prometo que valdrá la pena.

La proposición pareció intrigar a la mujer, que sonrió con sus dientes torcidos pero encantadores antes de volver a deslizarse entre la multitud.

Tereza volvió a la barra, acalorada por el baile con aquella típa exuberante. Se abanicó la cara con una servilleta de cóctel y continuó donde lo habían dejado.

—¿Qué pasa si no tenemos espacio para la verdad?

—Lo cual solo tú puedes decidir.

—¿Y si nos enteramos de algo... imperdonable?

—No puede ser peor de lo que ya me estoy imaginando.

—Tengo miedo —dijo Tereza sin rodeos.

—El miedo no sirve de nada —replicó Irina.

Hace débiles a las personas, quiso agregar, pero se contuvo. Su madre había aprendido a defenderse de los violadores (soldados rusos, en su mayoría) con una Tokarev cuando estuvo en Kabul, o se buscaba un "novio", quisiera o no. El estrés había cobrado su precio, estaba adormecida ante la violencia diaria. Antes de morir, Maminka admitió: "Recorrí medio mundo solo para convertirme en piedra".

—Tengo miedo —repitió Tereza, más gentilmente esta vez— porque la persona en cuestión, la persona a la que dañaría más y a la que probablemente mataría, es mi Mutti.

Una marea de arrepentimiento abrumaba a Irina. ¿Por qué ella no había luchado por la vida de su propia madre como lo estaba haciendo Tereza por la suya? ¿Podría haber salvado a Maminka? Irina solo sabía que no podía permitir que Elsa Meier muriera antes de decirles la verdad.

—Entonces, ¿estás dispuesta a renunciar a nuestro pasado para preservar sus mentiras?

—Nos hemos encontrado. ¿No es suficiente? —Tereza miró la frenética pista de baile y luego se volvió hacia su hermana—. *Bitte*, no me juzgues.

—¡Tú eres quien me juzga!

—Irina, hace solo dos meses que nos conocemos.

—*Nyet, dorogaya sestra*. Nos conocimos hace treinta años en el vientre de nuestra madre. Y estamos inseparablemente unidas, sin importar por qué nos separaron en primer lugar.

—Lo entiendo, pero...

—¡Recuerda tus dibujos, Tereza! —Irina sostuvo el rostro de su hermana, una imagen perfecta de ella misma, y la besó en ambas mejillas—. Lo único que necesitamos es la respuesta a una simple pregunta.

5

Azul Puente-Tanaka

Berlín

¿Quién le acariciaba la oreja y le respiraba en la mejilla? Azul abrió los ojos y miró a la vaca que se cernía sobre su cama. Lo alteró como un petardo. Su hocico era suave y cálido y bostezaba tanto que sus molares traseros eran visibles. La vaca meneó la cabeza y luego se convirtió lentamente en la dama del zoológico. Todavía tenía gardenias en el pelo, pero en lugar de un abrigo de pieles vestía una capa de terciopelo morado.

—Soy tu tía Felicia —le dijo—. No tengas miedo, mi cielo. Estás a salvo conmigo.

Pero Azul no tenía miedo. Su pecho no le dolía como cuando de verdad había tenido miedo, como cuando esos alumnos de cuarto grado lo golpearon en el patio de la escuela. Lo sostuvieron boca abajo, le dieron puñetazos en la espalda, lo llamaron marica. Ninguno de los otros niños lo defendió ni les contaron a los maestros.

—¿A dónde te gustaría ir? —le preguntó la tía Felicia—. Podemos ir a cualquier parte, hacer cualquier cosa.

Nadie le había preguntado eso antes. En la escuela siempre fue "siéntate aquí", "haz esto", "colorea dentro de las líneas". Cosas estúpidas. En Berlín podía hacer casi todo lo que quería, sobre todo con su tío. ¿Cómo elegir una sola cosa entre un millón de cosas geniales para hacer?

—¿Eres una vaca?

—No, corazón. ¿Qué te dío esa idea?

Podía ver la pintura de una batalla prusiana en la pared a través del rostro de tía Felicia. Azul sabía que ella era la madre de tío, que se quejaba todo el tiempo del halo que ella le había puesto en la cabeza. ¿Pero tenía algún poder secreto? ¿Podría tener uno él también?

—¿Dónde estás cuando no estás aquí? —Azul cambió el tema.

—Qué pregunta tan inteligente, precioso. Supongo que se podría decir que siempre estoy aquí y siempre no estoy aquí.

Su voz era tan aterciopelada como su capa.

—¿Al mismo tiempo?

—Sí.

—¡Eso no tiene ningún sentido!

—¿Te gusta bailar, mi niño lindo?

Tía Felicia también había cambiado de tema. Los adultos hacían eso todo el tiempo.

Pero Azul no tenía ganas de bailar. Estaba cansado de los ensayos con su tío. Sin embargo, cuando tía Felicia le tendió la mano, él la tomó. Una sensación de cosquilleo se extendió por las yemas de sus dedos como electricidad estática. Antes de darse cuenta, estaban flotando en la sala de estar. Las ventanas se abrieron y Azul escuchó gatos silbando en la calle de abajo. Él y tía Felicia salieron a la deriva, subiendo más y más alto en los cielos, hasta que la luna y las estrellas parecieron estar cerca.

—¿Listo para bailar ahora?

Azul se rio mientras su tía le daba vuelta y luego lo volteaba boca abajo. Una lluvia de meteoritos brillaba en la distancia.

—Eres mi pequeño conejo lunar —dijo ella, persuadiéndolo para que diera otro salto mortal.

¡Eso era mejor que todos los paseos en Magic Mountain! ¿Era su tía una hechicera? ¿Había lanzado un hechizo mágico sobre él?

—¡Guau! ¡Esto es divertido!

La voz de Azul ondeaba en la noche. No podía esperar a decírselo a Ozan y a Lukas en el receso. ¿Le creerían o lo llamarían *ein Lügner*?

—¿Quieres ver los osos polares?

—¿En el zoológico?

—No, donde viven, en la naturaleza.

—¿En el polo norte? —Azul no podía creerlo.

—Ven, mi amor.

Su tía le dio dos galletas de coco para el viaje.

—Para que te mantengas fuerte —dijo.

Estaban deliciosas, pero le dieron sed, así que tía Felicia invocó un vaso de leche para él. Cuando Azul terminó, ella lo sujetó por la cintura y viajaron tan rápido que todo a su alrededor se veía borroso. Un fuerte chirrido le lastimó los oídos, pero el viaje no duró mucho. Muy pronto estaban deslizándose sobre los glaciares, sus cuerpos proyectando largas sombras sobre el hielo.

Azul estaba encantado.

—Casi es verano aquí —dijo la tía—. El sol brilla todo el tiempo.

—¿No hay noche?

—Solo una o dos horas.

Era extraño estar cerca de tanto hielo y no sentir frío. De hecho, Azul se estaba poniendo un poco caliente. Se desabrochó la parte de arriba del pijama hasta la mitad y sintió la brisa del Ártico en su pecho. Cuando miró hacia abajo, tres osos polares, como los del zoológico, estaban agazapados junto a un agujero en el hielo. Uno de ellos lo miró y levantó la pata, como para saludarlo.

En ese momento una foca emergió del agua y, en un instante, el oso más grande la atacó y la arrastró hacia el hielo. Azul observó cómo los osos se daban un festín con la foca muerta. Estaba triste por la foca, pero feliz por los osos. ¿De qué lado estaba? No le gustaba sentirse tan confundido.

—Tengo otro lugar que mostrarte.

Tía Felicia le apretó la mano con fuerza y le besó la frente. El calor de sus labios se extendió por su rostro.

Azul se preparó para otro vuelo tormentoso, pero la siguiente parte del viaje fue tranquila. ¿Estaría perdiendo la noción del tiempo con tanta voladera? ¿Ya era mañana? Azul vio un albatros que se dirigía hacia el sur, como ellos, las alas extendidas como las de un avión. También había miles de otras aves volando: patos, gansos y peregrinos, en dirección opuesta. Él y su tía volaron entre los rebaños sin chocar con ellos. ¿Eso quería decir que eran invisibles?

—Los pájaros regresan a su casa cada primavera —le gritó tía Felicia por encima de los graznidos.

—¡No quiero volver a casa nunca! —Azul respondió, aunque ya no estaba seguro de a qué casa se refería.

Los Ángeles se sentía tan lejos.

—¡Entonces vagaremos entre las estrellas para siempre!

Poco a poco, el océano cambió de un azul grisáceo a un turquesa brillante, como esas paletas heladas que su mamá se negaba a comprarle. Navegaron sobre una isla cubierta de montañas y palmeras.

—Esas son las montañas de Guaniguanico —dijo su tía—. Aquí se da el mejor tabaco del mundo.

Luego ella y Azul dieron vueltas sobre un granero en ruinas que olía a caca y a cigarros. Volaron adentro y se sentaron en las vigas junto a una pequeña colonia de murciélagos. Había vacas mugiendo en los establos y una lechuza alerta en un palo.

Debajo de ellos, un niño yacía en el suelo, con la cara aplastada contra el heno y la parte posterior de las piernas manchada de sangre. Sus cortos shorts rojos estaban hasta abajo, por los tobillos. Tres niños más grandes se turnaban para hacerle daño. Eran malos como esos abusadores en la escuela de Azul: pateaban al niño, se reían, lo insultaban en español.

Tía Felicia observaba atenta, comiendo una rueda de piña. Pero su cara estaba mojada de lágrimas.

—Nunca dejaría que esto te pasara, mi cielo —dijo, y le ofreció a Azul un bocado de piña, pero a este le dolía demasiado el estómago como para comer.

—¿Quién es ese ahí abajo? —preguntó, tocándose la oreja izquierda.

—Si tan solo hubiera sabido...

—¡Haz que paren! —Azul lloraba.

Un hilo de jugo de piña goteaba por la mandíbula de su tía y sobre el cuello de su capa.

—Esto sucedió hace mucho tiempo.

—¡Sácame de aquí! ¡Quiero a mi mamá!

Su tía lo miró con los ojos entrecerrados. ¿Pensaba que él era un llorón? ¿Tendría que irse solo? Pero tía Felicia lo cargó sobre sus hombros. Parecía que había baches debajo de su capa, como la piel de un cocodrilo, pero no se atrevió a quejarse. Azul le rodeó el cuello con los brazos. Era duro como la baranda de la escuela. Salieron disparados por todo lo alto y aceleraron de regreso al departamento de su tío en Berlín.

Las ventanas estaban abiertas, así que entraron volando como si nada. El minutero del reloj de pie se adelantó. Azul saltó de la espalda de su tía y, cuando se dirigía de prisa a la cama, ella lo detuvo.

—Hay helado de coco en el congelador. ¿No quieres un poco?

Azul negó con la cabeza, sin mirarla a los ojos.

—No dejes que nadie te diga que esto no sucedió.

—No lo haré, tía.

Ya estaba ansioso por alejarse de ella.

—Voy a dejar algo como prueba.

Azul vio aparecer un rompecabezas gigantesco en lo alto, una réplica de lo que habían visto en el polo norte. Con un movimiento de su mano, esparció los pedazos por el piso.

—Cuando termines el rompecabezas, sabrán que lo que has visto es cierto.

Tía sonaba estricta y su rostro parecía aterrador.

—¿Me entiendes?

Azul asintió. Ahora le tenía miedo.

—De acuerdo, adiós.

—Adiós, precioso.

Entonces tía Felicia giró en su lugar hasta que no fue más que una pluma de humo, y desapareció por la ventana, dejando atrás un olor a flores de anciana.

Azul se quedó quieto, parpadeando. Luego se fue cojeando a la cama. Le dolía la garganta y le dolía mucho la rodilla.

GRANADA

Celia del Pino

Los enamorados se alojan en un hotel de lujo cerca
de la Alhambra...

—¿Es un convento? —preguntó Celia—. Por dios, ¡qué religioso te has puesto!

El hotel estaba en los terrenos de la Alhambra. Pertenecía a
una cadena de paradores (monasterios, castillos y edificios histó-
ricos que habían sido adaptados para los turistas) que se extendía por toda España. Arcos encalados conectaban con los patios
moriscos de azulejos con aviarios de guacamayos parlanchines
y loros africanos. Un bar cavernoso latía con música y ostentaba una bola giratoria de discoteca. Todo ese esplendor puso nerviosa a Celia. No estaba acostumbrada a nada que excediera sus
expectativas.

—Primero, descansa —dijo Gustavo—. Luego tengo una sorpresa para ti.

—¿Otra?

—Estoy lleno de sorpresas, mi amor.

Gustavo se llevó la mano de Celia a los labios, como solía hacer
en aquel Hotel Inglaterra donde la había llamado "mi reina", "mi
vida", "mi corazón". Debajo de su ventana en el Parque Central, un trío de Santiago de Cuba había tocado boleros incesante-
mente. El trío tocaba a todas horas y a todas horas tenía público,

incluyendo esa fiel campesina que regresaba a diario para bailar sola y enjugarse las lágrimas.

—¿Cuánto tiempo estaremos aquí? —preguntó Celia.

—Adivina.

—¿Cuatro días?

Gustavo le lanzó lo que ella interpretó como una mirada ardiente, aunque bien podría haber sido una señal de indigestión. El tiempo diría, pensó Celia. Siguieron al botones hasta su habitación, la más magistral del hotel. Un balcón doble daba a los palacios y jardines de la Alhambra. El candelabro de hierro forjado ostentaba bombillas en forma de llama envueltas en hule. Sobre el tocador, un aparato del siglo XIX movía de forma mecánica su globo, su luna y sus estrellas. El botones colocó la maleta roja de Celia en el banco a los pies de la cama más grande.

—No necesito tanto espacio para dormir.

Celia probó el colchón, seguía sorprendida de la coquetería en su voz. En Santa Teresa del Mar solo tenía una cama estrecha y hundida, con los muelles suspendidos.

—¡Esta cama es una pista de aterrizaje para un helicóptero!

Gustavo parecía divertirse con las cosas de Celia. Mientras que a ella le parecía que él solo traía la ropa que llevaba puesta. No sería hasta más tarde que descubriría que las cosas de Gustavo ya estaban ahí, que él había manejado cada detalle de su reencuentro, desde las velas en las columnas del cuarto, imponentes como las de las catedrales y el cante jondo que sonaba suave de fondo, hasta las ramitas de mariposa derramándose de las jarras de cerámica. Ella pasó su mano por la cama y lo miró tentadoramente.

—Tenemos todo el tiempo del mundo —murmuró Gustavo, aún de pie.

—Dijiste que tenemos cuatro días.

—Alguna vez eso fue una cantidad infinita.

—En realidad, fue bastante finita.

Celia se estiró en la cama y miró al techo, reviviendo lo ingenua que había sido cuando vio que su amante cruzaba el Parque Central a toda prisa con la intención de abandonarla y regresar a España. El trío santiaguero, debajo del balcón, interpretaba "Lágrimas Negras" con sus guitarras, sus maracas y sus voces dolientes. Esa canción se convirtió en su himno de dolor.

¿Cómo es que Gustavo la había dejado sin tan siquiera una explicación? Estaba casado, por supuesto. Celia lo sabía. Y se había sentido obligado por el honor a luchar en la inminente guerra civil de su país. Pero no tenía que haber sido tan malditamente *descortés* al respecto. Tan despiadado. Esa primavera, Celia se acostó y permaneció en su cama durante los siguientes ocho meses, decidida a morir.

—¿Puedo quitarte los zapatos? —Gustavo se arrodilló ante ella.

—Qué caballero —dijo ella, con voz irritada—. Entonces, ¿alguna vez recibiste la primera carta que te escribí?

Gustavo le quitó uno de los zapatos negros de charol, luego el otro y comenzó a masajearle los pies. Había fuerza en sus manos, a pesar de la artritis.

—Ay, ahí mismo. Perfecto.

Ella se sonrojó por la insinuación.

—El once de noviembre de 1934 —recitó él—: "Mi querido Gustavo: Un pez nada en mi pulmón. Sin ti, ¿qué hay para celebrar? Tuya por siempre, Celia".

—¡Y todo este tiempo pensé que nunca la recibiste! Que se había perdido en el camino o que fue interceptada por...

—¿Por mi esposa?

—Sí.

—Las dos cosas pasaron. —dijo, y presionó su empeine—. Tu carta tardó meses en llegar.

—Claro, como tu primera carta para mí. Desde tu supuesto lecho de muerte, ¿eh?

—¡De verdad estaba cadavérico! ¡Te lo juro! —Gustavo sonrió con sus perfectos dientes artificiales.

—¿Y?

—Magdalena interceptó la carta. Nunca la vi hasta que ella murió.

—Pero yo no estaba muerta.

—No. Pero pensé que teníamos un acuerdo. —Gustavo soltó el pie de Celia.

—¿Un acuerdo sin palabras? ¿Qué clase de acuerdo es ese?

Gustavo hizo una pausa, como si quisiera elegir con cuidado lo que diría a continuación.

—Mi amor, los acuerdos más profundos no requieren palabras.

Celia sintió que el calor corría por su seno sobreviviente. Hasta en el que le faltaba también sentía el ardor. Su seno fantasma. Gustavo aún no lo sabía. Una revelación tensa que quedaba por venir. Por dios, ¿por qué se sometía a tales tormentos a su edad? ¿Y si Gustavo la había invitado solo para alejarla de nuevo? ¿Por qué no estaba en casa, meciéndose en su columpio de mimbre, vigilando la costa norte de Cuba?

—Te escribí muchas otras cartas —dijo Celia.

—¿Qué? ¡Nunca las recibí!

—Porque no las envié. Las guardé en una caja forrada con satén debajo de mi cama. Durante veinticinco años te escribí, Gustavo, los días once de cada mes. Entonces un día me detuve.

Gustavo apoyó la cabeza en el regazo de Celia. Ella encontró una pelusa en la nuca de él curiosamente entrañable, y la acarició. Sus respiraciones se sincronizaron, encontraron un ritmo compatible.

—¿No quieres saber por qué? —preguntó.

—¿Porque me fui el 11 de abril?

—Sí, pero quise decir por qué dejé de escribirte.

Despacio, Gustavo asintió. Ese movimiento pausado con su cabeza apoyada entre su vientre y sus muslos conmovió a Celia.

¿Cuánto tiempo había pasado desde que ella había sentido a alguien tan cerca? ¿Había lágrimas en sus ojos o en los de ella? Lo último que quería era que las cosas se pusieran sensibleras.

—Poco después del triunfo de la Revolución nació mi primera nieta. Y encontré mi camino. Después de tantos años perdidos, encontré mi camino.

—¿Todavía tienes esas cartas?

—Se las di a Pilar.

Gustavo torció el cuello para mirar a Celia, presionando la cabeza contra sus costillas. Parecían un retrato clásico de la Virgen y el Niño, excepto que las luces tendrían que ser mucho más tenues para lograrlo.

—Lo siento.

—¿Qué sientes? —preguntó ella.

—El seno que te falta. Se siente más caliente que el que te queda.

Celia quedó desconcertada. Ella trató de empujarlo fuera de su regazo, pero él apretó sus caderas.

—Somos demasiado viejos para la modestia —dijo él.

La última luz del día entró a raudales en la habitación, iluminando el rostro de Gustavo. Parecía serio, como un ícono religioso, con la expresión de un mártir que había elegido el sufrimiento sobre la vida.

—¿Y a ti? ¿Qué te falta?

Celia se inclinó, estirando el hombro, y lo besó en la boca.

—No me falta nada. Ya no.

Gustavo se acomodó junto a ella en la cama. Se besaron una y otra vez, con los ojos bien abiertos. Y durante otra hora siguieron besándose, con mordiscos y lametones, sus lenguas juguetonas, lánguidas. Se besaron los ojos y la frente, los lóbulos de las orejas y las frágiles mandíbulas. No usaron sus manos ni quitaron una puntada de la ropa, ni siquiera cuando descendió el crepúsculo y los envolvió en una gracia penumbrosa.

Celia fue la primera en tomar aire.

—Sé que no es romántico decir esto, pero tengo mucha sed.

—¡Ja! —Gustavo sonó como una foca. Sacó una botella de agua mineral del refrigerador y se la sirvió en una bandeja de plata—. Estás deshidratada, mi amor.

—No en todas partes —bromeó.

Gustavo pasó un dedo por sus labios.

—¿Tienes hambre?

—Mucha.

—No tengo apuro. ¿Y tú?

—No creo que esperar sesenta y seis años me califique de apresurada, Gustavo.

—Solo un poco más.

—¡Pero podríamos caer muertos en cualquier momento!

—La Revolución te ha hecho bastante franca, querida.

—Esto no tiene nada que ver con la política.

—Confía en mí. —Gustavo besó el hueco del hombro de Celia, subió lentamente por su cuello hasta su oreja y luego presionó su oreja contra la de ella—. Puedo oír el océano. Tu oído es mi caracol.

—Eso es lo que he escuchado todos los días de mi vida.

—Es hermoso. Muy poderoso.

—Sí, Gustavo. Así es.

BERLÍN

I

Ivanito Villaverde

Berlín

Tarde en la mañana, Ivanito despertó con una enorme erección y su halo resonante. Su pene y su cabeza latían como el infierno. Cuando salió de abajo de su edredón, el dormitorio pasó despacio ante sus ojos como una baraja de cartas. Eso le sucedía a veces antes de una migraña. Ivanito quitó la sábana negra del espejo del armario de caoba y admiró su erección. Si tan solo pudiera ir al Tiergarten para bajarla con un sexo de emergencia. Pero ¿quién sabía qué estragos podría causar su madre en su ausencia?

Afuera llovía a cántaros y el viento volaba los pétalos de un cerezo. Las cortinas de la sala de estar estaban abiertas de par en par, sin embargo, había cierta oscuridad en la casa. Ivanito sintió algo afilado bajo sus pies y encendió las luces. *Verdammt!* Cientos de piezas de rompecabezas estaban esparcidas por todos lados. La mayoría eran blancas, como manchas de nieve, otras tenían algo de negro y marrón. Le recordaban a los osos polares, pero de manera abstracta. Eso tenía que ser obra de su madre, pero ¿con qué fin? Ansioso, recogió las piezas en una bolsa de basura.

Pilar chocó con él de camino a la cocina para hacer café. Ivanito sabía que no debía decir una palabra hasta que se hubiera tomado dos tazas, como mínimo. Era una bruja odiosa antes de tomar café. Igual le vendría bien un trago de ron, pero optó por un cigarro.

Ivanito recogió la fuente de Meissen que Pilar había estado reparando la noche anterior. ¿Qué coño? ¡La había unido con su pegamento brillante! Ivanito se abalanzó sobre ella, fuente en mano.

—Sé que seguro estás trabajando en algo conceptual con esto, ¡pero quiero mi fuente de vuelta!

—Tienes razón —dijo Pilar, sospechosamente razonable—. Estoy tratando de resolver algo.

Su prima por lo general se ponía a la defensiva cada vez que Ivanito intentaba hablar sobre su trabajo. Pilar llevaba años estancada, enfurecida por sus fracasos, atrapada por la maternidad, sin poder sacar de su mente a aquel viejo artista japonés, el padre biológico de Azul, que la abandonó en el minuto que supo que estaba embarazada. No ayudó que Azul fuera su viva imagen, hasta sus mejillas eran iguales, un poco prominentes. Ahora Pilar estaba entusiasmada con el kintsugi y hablaba de investigar esa técnica de la cerámica en Japón.

Bitte. ¿Esto tenía que ver con Haru otra vez?

—Oye, ¿estás bien? —le preguntó Ivanito, disipando su ira.

No le importaba si Pilar se pasaba la vida arreglando platos rotos con tal de que ella fuera feliz.

—Me preocupa Azul.

—Ya somos dos.

—Anoche se orinó en la cama. Eso no le había sucedido en años.

—¿Por qué crees que haya sido?

—Sin ofender, Ivanito, pero no estoy segura de querer verlo dando vueltas como una reina de belleza. Es un poco joven.

—Disfrazarse es para todas las edades, *Liebchen*.

—Ugh, no me llames así.

Ivanito no podía creer para dónde estaba yendo esa conversación. ¿Pilar realmente le estaba pidiendo que fuera menos gay frente a su hijo? ¿Ella, entre todas las personas? ¿La que había conseguido que él se pusiera un vestido en primer lugar? ¿La que le compró su primera caja de condones? ¿Solo porque su hijo se había orinado en la cama? ¿Cómo es que eso era su culpa?

—¿Sabes a quién te pareces ahora? —Ivanito estaba furioso.

—No lo digas.

—Estás a punto de convertirte en tu peor pesadilla.

Ivanito agarró el rociador de agua y mojó de mala gana sus lirios de la paz. Arrancó las hojas muertas del *philodendron* y la *dracaena cincta*, luego puso el "Concierto para violín núm. 3" en el tocadiscos, con la esperanza de que su eufonía vigorizara su jungla apática y su propio estado de ánimo. Estaba muy agradecido por la música clásica, que consideraba su quinto y más sagrado lenguaje.

¿Cómo había aguantado el ruido del punk por tanto tiempo? Sin mencionar sus letras tontas: *Sitting here in Queens / Eating refried beans... Quatsch!*

—Lo siento —dijo Pilar en voz baja—. ¿Por qué te preocupa Azul?

Ivanito vaciló antes de responder.

—Creo que mi madre anda detrás de él.

—¿Detrás de él? ¿Cómo?

Ivanito abrió la bolsa de basura y le mostró a Pilar el rompecabezas deconstruido adentro. Rebuscó, luego recogió una pieza, estudiándola como un acertijo que tenía que resolver.

—No entiendo.

—Ella estuvo aquí. Encontré esto en el suelo cuando me desperté.

—¿No son tuyas?

—¿Crees que no tengo nada mejor que hacer en medio de la noche?

Ivanito delimitó el perímetro de su alfombra Tetex tejida a mano y comenzó a armar las esquinas del rompecabezas.

—Uy, todas son blancas.

—No me digas, Sherlock. ¡Te lo digo, algo sucedió aquí anoche!

—Pero ¿qué tiene que ver con Azul?

—Mamí está tratando de atraerlo para que la siga.

¿Qué más pruebas necesitaba Pilar?

—¡No sabes de lo que es capaz!

—Un rompecabezas parece algo bastante inofensivo.

—Nada es inofensivo cuando se trata de mi madre. —Ivanito olfateó el aire—. ¿No hueles eso? Gardenias. Su aroma característico.

—¡Sí! —Azul entró en la habitación—. Es el olor de esa anciana.

—¿De qué anciana? —le preguntó Pilar.

—Tía Felicia.

Ivanito luchó por sacar el miedo de su voz.

—¿La viste anoche?

—Sí. —Azul bostezó, lucía un poco pálido—. ¿Qué hay de desayuno?

—Lo que quieras, conejito. Entonces... ¿Ella te visitó?

—Dimos una vuelta.

—¿Afuera? ¿A dónde? —exigió Pilar.

—Al polo norte.

—¿Qué?

—Fue consensuado, mamá.

Ivanito le lanzó a Pilar una mirada confundida.

—Ella me llamó su conejo lunar.

Escuchaban, sin palabras, cómo Azul describía sus aventuras transatlánticas. Cómo él y la tía Felicia habían visto a un oso polar matar a una foca y luego comérsela con sus amigos. Cómo un albatros voló hacia el sur y ellos a una isla con montañas y palmeras. Cómo entraron a un granero y vieron a un niño siendo lastimado por tres niños más grandes.

—Fue entonces cuando tía Felicia comenzó a llorar —dijo Azul, y él le rogó que lo regresara a su casa. Ella le dejó un rompecabezas para jugar—. ¿Dónde está? Era la prueba de lo que había sucedido.

—¿Puedo comerme un revoltillo ahora?

—Claro, conejito.

La idea del viaje sobrenatural le dio asco a Ivanito. ¿Cómo había volado su madre doce mil millas en una noche cuando hacía solo unos meses se había perdido irremediablemente en Bielorrusia?

El calor irradiaba de su halo, bajaba por su espina dorsal, se ramificaba a través de su sistema nervioso. El sudor pegaba su cabello hasta la nuca. El halo vibraba como un motor en marcha, amenazando con salirse de su cabeza. Lo que necesitaba, de inmediato, era una ducha helada. Ivanito se excusó y se metió en la bañadera. Abrió el grifo, se apoyó en las baldosas, dejó que el agua se derramara sobre su halo humeante, que chisporroteaba mientras se refrescaba.

Luego se masturbó para calmarse.

¡Mierda! ¿Hasta la parte de los chicos en el granero? ¿Cuándo se había enterado su madre de eso? ¿Antes de su muerte? ¿O después, en un arrebato de omnisciencia? ¿No fue por ella que lo metieron en una beca para empezar? Si ella no hubiera sido declarada no apta como madre, si ella lo hubiera cuidado bien, nada de eso habría sucedido. Su madre tampoco se había percatado de la angustia de Ivanito cuando regresó a casa. Había estado demasiado enferma, demasiado ensimismada, demasiado egoísta para notar algo más allá de sus propios problemas.

Cuando él se sentía (cada vez más) poco empático con su madre, Ivanito sospechaba que ella barnizaba su historia con recuerdos egoístas. ¿Por qué la mitad de las cosas que ella le contaba ni siquiera habían sucedido? ¿Era eso un derivado de su narcisismo? ¿Un intento de dar sentido al vacío fundamental de su papel como madre? ¿No era así como funcionaba la nostalgia? Más críticamente, ¿cómo es que él podría detener sus ataques de nervios póstumos? ¿Liberarse del control que ella ejercía sobre su vida?

Ahora parecía que su madre estaba decidida a informarle que conocía todos los detalles sobre él. Que si él no se sometía, ella pondría su mirada en Azul. La caligrafía de su madre estaba en la pared: el niño ya era parte de sus maquinaciones. Ivanito estaba al final de su cuerda. *V kontse yego vervki. Am Ende seines Seil.* Escuchó la última parte del concierto para violín de Mozart, con su conmovedora resolución de oboes y trompas.

Aunque Pilar pensaba que la historia de Azul no era más que un sueño vívido, Ivanito sabía que era cierta. ¡Que se lo llevaran al pabellón psiquiátrico del Hospital Charité! Él creía hasta la última palabra de su sobrino.

Al mediodía el clima pasó de sombrío a glorioso. Las azaleas estaban en todo su esplendor. Ivanito se sintió feliz de estar afuera, recorriendo los pasillos del mercadito más antiguo de Berlín, concentrándose en cualquier cosa menos en su madre. El Kunstmarkt de la calle 17 de junio se extendía sobre el borde occidental del Tiergarten, a solo quince minutos caminando de su casa. No era el mercado más barato, le dijo a Pilar, porque los vendedores eran hábiles anticuarios que conocían el valor de su inventario. Pero sus ofertas eran decentes y tenían montones de porcelana antigua: Meissen, Höchst, Wessel, Villeroy & Boch.

Pilar recorrió los puestos cargados de relojes, platos, joyas, cuberterías, muebles, espejos, toda clase de tarecos. Incluso había un puesto que vendía candelabros que se arrancaron de las casonas habaneras durante esos últimos penosos años del Período Especial. Si Ivanito hubiera tenido dinero y un castillo en el Rin, lo habría llenado hasta arriba de objetos de colección, incluyendo todos los vinilos antiguos de Decca que pudiera encontrar.

Ese mercado de pulgas, le decía Pilar, no se parecía ni remotamente al de Los Ángeles. Allá treinta años se consideraba prehistoria, tanto para los objetos como para las personas. Los negocios exhibían con orgullo letreros que decían ESTABLECIDO EN 1982, como si eso fuera hacía una eternidad.

Ivanito se sentía más en casa entre culturas antiguas, rodeado de cosas viejas. En Rusia y Alemania, la historia se medía en siglos y sus patios en ruinas le recordaban a la Habana Vieja. Crecer en la Cuba posrevolucionaria significó que su mundo material abarcara desde el siglo XVIII (La Catedral de San Cristóbal, elaborados balcones de hierro) hasta los años sesenta (bloques de apartamentos de la era soviética sin imaginación). Con sus edificios derrumbándose y llena de escombros por doquier, La Habana lucía como una ciudad de posguerra. Incluso la casa familiar de la calle Palmas, heredada de sus bisabuelos, tenía más de cien años. Una ruina con goteras, de paredes abofadas pintadas de amarillo pollito.

Pasada la primera mitad de la tarde ya no eran horas para estar comprando. Los mejores artículos habrían sido adquiridos por los madrugadores horas antes, a pesar de las lluvias matutinas. A Ivanito le dolía la cabeza y, para evitar otra migraña, compró en un Schnellimbiss una Spezi, un brebaje hecho con Coca-Cola y refresco de naranja gaseado. Presionó la botella fría contra su sien antes de darse el primer buche. Eso calmó su halo hiperactivo. Luego se sentó en un banco del parque y sacó una edición de bolsillo de *Las almas muertas* para volver a leerlo. Necesitaba el alivio cómico de la novela. Sin embargo, le resultaba imposible concentrarse.

Pilar seguía avanzando poco a poco entre los puestos, recogiendo un plato de comida por aquí, una sopera por allá, nada extravagante. Mientras más maltratado el objeto, mejor. Era una ventaja para negociar con los comerciantes ansiosos por deshacerse de sus existencias defectuosas. Pagó una miseria por un espejo de mesa de latón con abolladuras en forma de estrellas, como si le hubieran caído a pedradas. Ivanito quedó impresionado por la infatigable forma en que Pilar regateaba (y en un alemán vulgar), habilidad que sin duda heredó de su tacaña madre. ¿Cómo podrían los vendedores imaginar que esa *Amerikanische Turisten* estaba comprando sus productos astillados y agrietados solo para romperlos y luego volverlos a arreglar?

Ivanito entendía la necesidad de su prima de reparar objetos rotos, de restaurar su integridad. ¿No era eso lo que él hacía en cada actuación? ¿Resucitar divas olvidadas hace mucho tiempo? ¿Desempolvarlas y volverlas a presentar a las generaciones más jóvenes?

Para el solsticio de verano, Ivanito encarnaría a esa otra estrella cubana de mediados de siglo: la salvajemente original La Lupe. El sueño de una drag queen, más espectacularidad que seriedad, más irreverencia que miseria, lo opuesto a Olga Guillot, el ángel ominoso. La Lupe siempre actuaba hasta el punto de casi colapsar, y requería oxígeno después de cada presentación. ¿Para qué subirse al escenario si no se estaba dispuesto a dar hasta el último aliento? Y La Lupe lo hacía, a pesar de la pobreza, la parálisis y el evangelicalismo tardío.

Desde su banco, Ivanito vislumbró a Pilar y Azul deambulando entre los puestos. Vio como estallaba un pequeño drama: Azul rogaba por un troll de juguete antiguo de la ex-RDA, mientras que Pilar, sosteniendo en la mano esa cosa horrible de juguete con dedos de gran tamaño, le dijo que no.

—¡Te va a dar pesadillas! —insistió.

—¿Más de lo normal?

Azul se quedó con el troll.

Los árboles estaban deslumbrantes con sus verdes de final de primavera: álamos, tilos, abedules, alisos, todos florecían del suelo arenoso de Brandeburgo. Después de la guerra, los berlineses talaron el bosque del Tiergarten para tener leña durante los inviernos extremadamente fríos de 1946 y 1947. Solo un esfuerzo masivo de reforestación en los años cincuenta lo salvó. Otro Kriegsrückblicke apareció ante los ojos de Ivanito: un hermano y una hermana con abrigos remendados intentaban, en vano, arrancar el tocón de un árbol con sus manos en carne viva.

Un perro vienés pasó trotando, llevaba un atractivo collar de cuadritos con un gorrito a juego (Ivanito habría vestido esas piezas con mucho gusto). Cerca de allí, un saúco desplegaba sus abanicos en flor tan descaradamente como una reina del burlesque. Ivanito conocía al Tiergarten al detalle: sus sendas serpenteantes y sus zarzas escondidas (perfectas para verse con sus conquistas), sus estanques y lagos relucientes, sus nudistas descarados, conocidos como *der Fleischweise*.

Un joven gay del tipo oso, barbudo, con jeans ajustados, le dio una mirada de "vayamos a coger". Pero Ivanito no estaba dispuesto a divertirse. Hasta para eso su madre lo estaba volviendo loco. Lo último que necesitaba era que ella se apareciera entre los arbustos mientras él realizaba su flagrante delito. ¿Cuándo había sido la última vez que tuvo sexo? ¿Cuando estuvo con aquel hosco papito vestido de cuero detrás de la estación del zoológico? ¿O en la casa de baños de Nollendorfplatz? Mierda, no podía recordarlo.

Ivanito vio a dos mujeres, gemelas idénticas, altas y flacuchas, algo familiares, seleccionar objetos de memorabilia de la RDA que había en un puesto dedicado a la nostalgia. No eran hermosas, pero de alguna manera llamaban la atención. Una lucía elegante con un mono verde azulado, la perfección desde todos los ángulos. La otra se veía desaliñada. Llevaba una enguatada de la Humboldt-Universität y espejuelos que gritaban "soy de la Alemania Oriental". Ese país había desaparecido hacía una década, pero sus residuos eran premios gordos para los coleccionistas, los nostálgicos y los curiosos más morbosos.

—¡Me niego a ser la pobre ratoncita de alguien! —dijo la que estaba desarreglada, roja de resentimiento—. ¡No somos baratijas para ser arrebatadas por gente como tú!

—Difícilmente eres una baratija, Tereza.

—*Richtig*. ¿Como esa chica con la que estuviste anoche?

La elegante de las gemelas no reaccionó, solo se alejó del puesto para encender un tabaco cubano, un Cohiba Espléndido, para ser específicos. Los tabacos no eran algo difícil de conseguir (después de todo, eran legales en Alemania), pero esa mujer le dio una calada al suyo como una experta. Ivanito observó cómo el humo se elevaba a través de las ramas colgantes de un sauce llorón.

Estuvo tentado a acercarse a las hermanas, pero ¿qué les diría? "Disculpen, ¿nos hemos visto antes?". ¿Felicitaría a una por su atuendo y elección de tabaco? ¿Le ofrecería a la otra consejos de vestir no solicitados? En ese momento, Azul corrió hacia él y se sentó en sus piernas. Sarandeaba un viejo VHS de *Some Like It Hot* doblado al alemán. Esa era su película favorita, dijo, y Marilyn Monroe, su actriz favorita. *Natürlich.*

—¡Escucha esto! —el rostro de Azul se puso en blanco para imitar a Marilyn—. ¡Diamantes de verdad! —decía sin aliento—. ¡Deben valer su peso en oro!

Coño, el niño lo hacía muy bien. Ivanito se rió, sentía una afinidad con su sobrino que iba más allá de lo familiar.

Una bandada de gorriones se dispersó en un haya. Ivanito volvió a buscar a las mellizas, pero ya no estaban.

—¿Ya podemos ir al zoológico, tío?

Era difícil negarle algo a ese niño, pero Ivanito temía despertar el fantasma de su madre y no quería otro embrollo con la policía alemana. Sugirió que alquilaran botes en el Neuer See, una opción más segura. Seguro estaría lleno de remeros aficionados. También Pilar, cargando sus vajillas, estaba lista para partir.

Ivanito Villaverde

Berlín

La excursión por el Neuer See les devolvió una especie de equilibrio después de los altercados de la mañana. Esquivaron el san-
tuario de aves, donde un azor tenía su nido en lo alto de un pino.
Pero, entretenido al ver la caída de un pajarito y cómo su madre
se lanzaba a su rescate, Ivanito chocó con otro bote. No obstante,
y a pesar de ese percance, se desempeñó muy bien como remero
principal (la posición de los remos era clave) y el bote se mantuvo equilibrado mientras Pilar y Azul permanecían sentados en la
popa. Hubo un momento en que Azul fingió ser un pirata, levantó sus binoculares imaginarios y casi se cae al agua.

De vuelta a la tierra, los tres primos se instalaron bajo los castaños del Biergarten y se comieron dos *bockwursts* con todo cada
uno (Pilar se había declarado no-vegetariana mientras estuviera en
Berlín). Allí, Ivanito le enseñó a su sobrino cómo tararear la melodía de apertura del único concierto para violín de Beethoven, po-
siblemente su obra más lírica. De camino a casa, bajo una luz tenue, se detuvieron a tomar helado cerca de la ópera. Azul ordenó
para todos en alemán: *Zitrone* para Pilar, *Schokolade mit Himbeer*
para Ivanito y *Sahne-Kirsch* para él. Pilar se maravilló de la fluidez de su hijo, de cuánto había mejorado y de lo intrépido que navegaba por Berlín. Pero Ivanito no estaba sorprendido. Azul tuvo

la suerte de tener el amor paciente y *laissez-faire* de Pilar. Ni una sola vez la había oído ser condescendiente con su hijo.

Cuando Ivanito era niño, su madre había tenido períodos de extremo abandono y otros de sobreprotección. Podía dejarlo solo durante días y, sin embargo, lo regañaba si lo veía cortando su comida con un cuchillo para mantequilla. Y se ponía celosa de cualquier persona o cosa que se interpusiera entre ellos. Cuando él se enamoró del ruso, tuvo que ocultárselo: los sonidos exuberantes y ruidosos del idioma, la majestuosidad de su nombre en cirílico (Иван). Con el apoyo de sus maestros, Ivanito ganó una beca de verano para San Petersburgo, pero su madre se negó a dejarlo ir, por lo cual le tomó muchos años reanudar sus estudios de ruso, hasta que fue a la Universidad Lingüística Estatal de Moscú.

Ya casi llegaban al departamento de Ivanito, con sus helados a punto de acabarse, cuando este parpadeó: estaba viendo otra vez a las gemelas del Kunstmarkt, que ahora se apoyaban en un Trabi color crema.

—Tú debes ser Ivanito —dijo en ruso la gemela elegante, extendiendo su mano—. Mi padre y tu madre eran hermanos —dijo, y le alcanzó una bolsa de compras del departamento de alimentos especiales de KaDeWe—. Un poco de caviar para nuestro reencuentro, querido primo.

Ivanito se congeló en el lugar, mirando a las hermanas con incredulidad. ¿Eran esas "primas" emisarias de su madre? ¿Otra prueba de sus intrigas?

—No entiendo lo que está pasando —dijo Pilar en medio del incómodo silencio—. ¿Tal vez podemos encontrar un lenguaje común? ¿Qué tal inglés o español?

—Son nuestras primas, mamá —susurró Azul, que también entendía el ruso.

—Qué gran alegría conocerte —dijo la prima elegante en un inglés entrecortado.

El inglés de la hermana desaliñada era preciso, de libro de texto:

—Estamos encantadas de conocerte.

Azul se metió entre las dos, cautivándolas con su floreciente alemán.

—*Ihr beide seid wunderschön.*

—¡Qué pequeño seductor!

Irina, fascinada, le besó la mejilla a Azul y le mostró cómo silbar cual moscovita. La estridencia hizo que el halo de Ivanito se torciera dolorosamente en sentido contrario a las agujas del reloj.

—¿Podemos invitarlas a subir? —preguntó Pilar, lanzando una mirada de "qué carajos" a Ivanito.

—Perdonen mis modales, las vi en el Flohmarkt esta tarde.

El halo de Ivanito pesaba como un casco de treinta kilos. Su discurso comenzó a ser cada vez más rápido. Se cortaba y empezaba una y otra vez. Se convirtió en un hombre-Torre de Babel hablando una mezcolanza de ruso, alemán, inglés y español. ¿Fue eso una especie de colapso psicolingüístico? ¿Un fallo sináptico?

Azul salvó el día: llevó la cabeza del tío al nivel de sus ojos y le atascó en el cráneo lo que quedaba de su cono de helado de cereza. Solo entonces cesó el delirio de Ivanito. Recuperó la compostura e invitó a sus asombradas nuevas primas arriba. Irina se sintió al instante como en casa y tomó el control. Registró los estantes de la diminuta cocina, puso los platos y los vasos en la mesa de la sala y le pidió a Azul que sacara las cucharitas de nácar para el caviar.

—¿Qué es *caviar*? —Azul preguntó.

—Huevas de pescado —le explicó.

Azul parecía afligido.

—Soy casi vegetariano —confesó y todos se rieron.

Ivanito y Pilar estaban impresionados por el generoso festín: múltiples latas de frío caviar Osetra (con guarniciones), una tabla de salmón ahumado y ocho botellas de vodka de primera, varias de las cuales Irina metió enseguida en el congelador para que se enfriaran. Ella preparó tostadas con caviar y crème fraîche y las repartió entre todos. Ivanito nunca había probado algo tan delicioso.

De postre había *kovrizhka* con nueces. ¿Dónde habría encontrado Irina un pastel ruso en Berlín?

A principios de esa primavera, explicaron las hermanas, se habían cruzado en un evento de tango queer en el río Spree. Era evidente que Tereza e Irina habían sido separadas al nacer, en Praga, y habían sido criadas a mil millas de distancia la una de la otra, en Moscú y en Berlín del Este respectivamente. Dijeron eso con certeza, como si hubieran dado el parte del tiempo.

—Pero ¿cómo pasó eso? —les preguntó Pilar.

—No podemos decirles, no sabemos —dijo Tereza—. Nuestro encuentro fue bastante accidental. Todavía estamos tratando de entender.

—Visitamos a Mutti en el asilo, pero ella no dice nada.

—Mi madre está muy enferma —explicó Tereza, mirando a su hermana—. No sé lo que recuerda. Ni creo que *ella* sepa qué recuerda.

—¡Como una criminal que ha olvidado su crimen!

—¡No es justo que digas eso!

—Decidan por ustedes mismos.

Irina pasó la fotografía de su padre, Javier del Pino, de cuando ella era una bebé.

Ivanito lo reconoció de inmediato: era el tío apuesto y borracho que regresó a casa después de estudiar en el extranjero. Tío Javier solía nadar tan lejos en el mar que todos temían que se ahogara. Luego se rumoró que se había ahorcado de una ceiba gigante durante los carnavales de Santiago de Cuba. Nadie lo sabía con seguridad. De alguna manera, a Ivanito se le ocurrió por primera vez que quizás se había criado en un matriarcado, donde los niños se convertían en hombres sin rumbo, mientras que las mujeres se mantenían fuertes a pesar de las dificultades.

—Somos productos de la Guerra Fría —dijo Tereza, cortando nerviosa el aire—. Productos de sus distorsiones y sus mentiras.

—No puedes tapar los engaños de tu madre —dijo Irina en ruso.

—Nadie tiene la culpa.

—¡Pero estamos hablando de nuestras vidas!

—Lo político y lo personal son inseparables —intervino Ivanito, con la esperanza de establecer un lugar común.

¿No habían sido todos ellos arrancados de raíz, sus vidas deformadas por un trastorno u otro: la revolución, la migración, la dislocación? Ivanito había crecido navegando entre el comunismo acérrimo de abuela Celia, la vagancia política de su madre y el capitalismo duro de tía Lourdes. Para cuando tenía veinticinco años, ya había vivido en cuatro países y había visitado muchos otros. Envalentonado tras un segundo trago de vodka, preguntó:

—Entonces, ¿cuál de los sistemas políticos creen que sea el peor?

Las primas comenzaron a hablar a la vez, pero la voz de Irina se elevó por encima del resto. En su fervor, cambió por completo al ruso, agradecida de que Ivanito tradujera lo que ella decía. Lanzó un ataque despiadado contra Stalin, sus farsas judiciales y sus gulags, el hambre que hizo pasar a millones de campesinos ucranianos, el Gran Terror de los años 30. Cuando su propio hijo fue capturado por los alemanes en la Segunda Guerra Mundial, Stalin dejó que desfalleciera en Sachsenhausen, un campo de concentración a las afueras Berlín, donde murió.

Irina continuó con una defensa de la economía postsoviética e insistía en que ella era sin duda más pragmática que política.

—Por lo menos ya no hacemos cola durante horas ni le hacemos reverencias a los funcionarios descerebrados que gobernaban nuestras vidas. *Voobshche* —dijo, y estiró los hombros, haciendo estallar sus articulaciones como si se preparara para levantar una barra—. Así que me convertí en una empresaria, muy rica. ¿Qué es la libertad, si no eso?

—El dinero no lo es todo —replicó Tereza—. Alardear de tu riqueza es *sehr geschmacklos*. Además, pocos rusos están prosperando y casi todos por medios ilegales.

—Pero con libre mercado.

—¡El libre mercado no es libre!

Tereza inició su diatriba sobre los acuerdos de privatización ilegales que habían disparado el desempleo en Alemania Oriental con el pretexto de liquidar su economía ineficiente. *Eine Schande!*

Ivanito no podía decir si las gemelas eran mejores amigas o enemigas mortales.

Sin duda les salían rebabas como si fueran armas de fuego. Sospechó que las hermanas eran una dialéctica viva, un intento de reconciliación desesperado en carne y hueso. Pilar estaba pasando trabajo para entender la mezcla lingüística, pero se ofreció a contarles a las hermanas sobre su abuela, y estas enseguida dejaron de discutir.

Les contó que abuela Celia se había enamorado de un abogado español casado, que la había abandonado en La Habana en 1934. De rebote, se había casado con un mojigato vendedor ambulante, Jorge del Pino, a quien nunca amó. Durante veinticinco años Celia le escribió a su español, mas nunca envió las cartas. Solo la primera, que se sabía de memoria: 11 de noviembre de 1934. *Mi querido Gustavo: Un pez nada en mi pulmón. Sin ti, ¿qué hay para celebrar?*

—Más tarde, abuela encontraría su verdadero propósito en la Revolución —continuó Pilar—. Y se enamoró otra vez, de El Líder.

—¿De esa cabra vieja? —Irina se burló—. ¡Estaba harta de él desde que era una estudiante!

—Era un héroe muy romántico en la RDA —suspiró Tereza—. Esa barba salvaje, su tabaco sexy. Todos los muchachos querían ser como él. Era tan *poco* alemán.

Todos se rieron, suavizaban la tensión entre las hermanas.

Ivanito se preguntó qué pensaría de ellos su abuela hoy. De esas gemelas checo-cubanas, tan opuestas en política como eran físicamente idénticas. De Azul, su adorable bisnieto cubano-japonés. De Pilar, ya mayor, a quien ella había acusado de traidora por ayudarlo a salir de la isla. Y de él mismo, su nieto travestí políglota, a quien tampoco le había perdonado que la abandonara a ella y a la Revolución.

—¿Qué pasó con las cartas? —preguntó Tereza, siempre la archivista.

—Ella me las dio.

Pero Pilar omitió que después de eso la abuela no había vuelto a hablarle.

—Nuestra abuela también fue una buena pianista —dijo Ivanito, poniendo "La Soirée dans Grenade", de Debussy, en el tocadiscos—. Casi gastó las teclas del piano con este tema. Había una suerte de erotismo herido en su interpretación, que se acrecentaba cuando tocaba en los días en que el mar estaba embravecido y las palmas reales se inclinaban con el viento.

Irina sacó un Cohiba de su bolsillo y se asomó a la ventana de la sala. Fumaba en la noche. Luego, como si hubiera estado considerando la idea durante meses, anunció:

—¡Pues iremos a Cuba este verano!

Agarró su teléfono móvil y llamó a su agente de viajes. Parecía decidida a financiar en el acto ese viaje familiar.

Irina era carismática, una vendedora nata, pero Ivanito no tenía ganas de volver a pisar la isla. ¿Para qué? ¿Para cortejar la miseria de su pasado? ¿Para encontrarse con recuerdos que preferiría olvidar? Si extrañaba algo de Cuba era su vegetación tropical, la turbulencia de sus cielos.

—¿Qué hay de tu madre? —Irina le preguntó a Pilar mientras esperaba a que atendieran su llamada—. ¿Podría contarnos más?

Pilar dejó escapar un suspiro prolongado.

—Dudo que sirva de algo hablar de ella.

—¿Por qué?

—Porque ella es incapaz de decir la verdad sobre cualquier cosa. Además, se fue de Cuba cuando tío Javier era solo un adolescente.

Ivanito se dio cuenta de que Pilar se sentía acorralada. ¿Irina en verdad pensaba que podría abusar de su solidaridad de la noche a la mañana? ¿Hacerlos cumplir con obligaciones no deseadas? Quería ayudarla, sin duda, pero no iba a someterse a una odisea tambaleante en busca de raíces. Para empezar, a él había costado cada gramo de su fuerza salir de Cuba.

—¿Qué tal el cuatro de julio? —Irina les preguntó.

—Yo no quiero volver.

Ivanito estaba decidido.

—Yo tampoco —añadió Pilar de mal humor.

—¡Yo sí iré! —dijo Azul, pasándose junto a Irina.

—Por supuesto, pececito —dijo Irina, alisando su cabello—. Iremos en primera clase.

—Es una oferta muy generosa. —Ivanito vaciló antes de continuar—. Pero digamos que hay fantasmas que no queremos despertar.

—¿*Prízraki*? —Irina parecía escéptica.

Ivanito asintió.

—Puede que yo considere ir —dijo Tereza en voz baja—, pero sí prometes dejar a Mutti en paz.

—No creo que eso sea...

—Es un trato, Irina. Tómalo o déjalo.

Irina giró hacia Azul.

—¿Qué piensas, pececito?

—¡Trato! —ladró—. ¡Tómalo!

—¿No vas a negociar? ¡Ah, tienes mucho que aprender!

Irina terminó la llamada y sirvió otra ronda de tragos de vodka. Parecía resignada a pausar el tema del viaje a La Habana, al menos por ahora.

—¡Salud!

Levantó su vaso y todos la imitaron.

Los primos estaban apiñados en la sala y brindaban, cada vez más borrachos, a medida que avanzaba la noche. Azul, envuelto en su boa de plumas de avestruz, bebía alegre una jarra de Apfelsaft. "¡Por nuestra tribu perdida!". "¡Por nuestro reencuentro!".

"¡Por nuestros pies talla diez!". Entonces se quitaron los zapatos y se asombraron al ver cuán idénticos eran sus dedos de los pies, incluso los de Azul, tan pequeños. A Tereza le encantó escuchar sobre la fase punk de Pilar e Ivanito y prometió llevarlos al Garage Band Club en Treptower, donde podrían mostrar sus habilidades.

—Créanme, no éramos tan buenos —dijo Pilar—. Ese es más o menos el punto de tocar punk. Cualquiera con un poco de energía y actitud puede subirse al escenario.

—¡De eso sí que teníamos! —Ivanito bramó, bebiendo otro trago.

No tenían prisa por separarse. Cuanto más vodka bebían, más historias contaban. Irina habló de cómo a los niños de su abarrotado apartamento comunitario en Moscú les gustaba disfrazarse y jugar con el tío Fyodor, siempre borracho, en el pasillo.

—¡Tenía solo nueve metros cuadrados de espacio habitable por persona!

A lo que Ivanito repitió las primeras palabras ásperas que aprendió en inglés, escuchadas en el programa de radio de Wolfman Jack: *You thought she was diggin' you but she was diggin' me!* Y Tereza confesó que estaba enamorada de John Travolta, cuya ardiente foto circulaba como pornografía en una revista occidental para adolescentes, contrabandeada. También Pilar contó cómo había pintado un mural de la Estatua de la Libertad para la segunda panadería Yankee Doodle de su madre en Brooklyn, y le había dibujado un alfiler en la nariz.

Cuando se acabó el caviar y el salmón, Ivanito pidió a domicilio pizzas con salchicas. Las devoraron en poco tiempo. De postre sirvió ciruelas, bollos de nata descongelados y una caja de bombones belgas que tenía a medio comer. Cuando Tereza encendió el televisor para ver el noticiero de la medianoche, se enteraron de que Bertha, la osa polar desaparecida, había sido encontrada muerta en los terrenos del Museo Ruso-Alemán en Karlshorst. No había noticias sobre su cuidador, aunque se creía que estaba prófugo en Ucrania.

—¿Quién la mató? —Azul se echó a llorar.

—No sabemos si alguien la mató —dijo Pilar, ajustándole con suavidad la boa de plumas de avestruz y acunándolo en sus brazos.

Pero el niño estaba desconsolado. Ivanito observó la ternura entre madre e hijo. Un niño que confiaba en el regalo que era el consuelo de su mamá. Por fin Azul se durmió y Pilar lo metió en la cama agarrando su suave boa de plumas.

Ivanito les ofreció a las gemelas que durmieran en su casa para pasar los efectos del vodka y ellas aceptaron agradecidas. Tereza se dejó caer en el gastado sofá color vino, mientras que Irina se recostó en la chaise longue y cerró los ojos. Pronto ambas estaban roncando tiernamente. Pilar, quejumbrosa, poco acostumbrada al vodka tan fuerte, se desplomó boca abajo sobre la alfombra y hasta se babeó. Solo Ivanito se quedó despierto, mirando por las ventanas. Una media luna morada en los cielos del oeste, débil y benigna.

Por una vez, no tenía ningún presentimiento de desastre. Tal vez incluso podría descansar.

MIAMI-LA HABANA

Lourdes Puente

Miami

Se enciende el letrero de ON AIR (AL AIRE) dentro de una estación de radio en Miami.

PRESENTADOR DE RADIO: ¡Este es tu *Cafecito con Paquito* en Radio Mambí, WAQI 710 AM, llevando *nuestras* noticias a los cubanos de Miami! Hoy tenemos de invitada especial a una estrella política en rápido ascenso: Lourdes Puente, quien está revolucionando el sistema con su candidatura a la alcaldía de Miami-Dade con vistas a las próximas elecciones de noviembre. Bienvenida, Lourdes.

LOURDES: Un placer, Paquito.

PRESENTADOR DE RADIO: Por favor, dígale a los oyentes de *Cafecito con Paquito* por qué decidió desafiar a Alex Panetela, un demócrata, en la batalla por el asiento más alto en el condado.

LOURDES: Como sabes, Paquito, he estado muy involucrada en el trágico caso de Eliseo González. El alcalde Panetela, a pesar de toda su bravuconería, no hizo nada para detener la deportación de nuestro niño inocente a la tiranía de Cuba. ¡Debería haberlo hecho mejor! ¡Y yo *haré* lo mejor para asegurarme de que una barbaridad como esa no vuelva a suceder!

PRESENTADOR DE RADIO: Sé que nuestros oyentes comparten tu pasión, Lourdes.

LOURDES: El alcalde Panetela dice ser moderado, pero sabemos lo que eso significa: ¡es un comunista, simple y llanamente! ¿Quién puede ser moderado cuando se trata de proteger a nuestros hijos, eh? Es una contradicción.

PRESENTADOR DE RADIO: Bien dicho, Lourdes. Antes de continuar, tomemos un breve descanso para escuchar a nuestro patrocinador número uno, La Cuba Libre Bakery, ¡donde se sirven los pastelitos de guayaba más frescos de Hialeah!

VOZ EN OFF: *¿Quinceañera? ¿Aniversario? ¿El bautismo de tu nieto? La Cuba Libre Bakery es famosa por sus cakes hechos a la medida con el sabor de la isla... ¡Cumplimos con lo prometido!*

PRESENTADOR DE RADIO: Si estás sintonizado, quédate, esto es *Cafecito con Paquito* en Radio Mambí, WAQI 710 AM. Hablamos con Lourdes Puente, la incendiaria retadora de Alex Panetela en la carrera por la alcaldía de Miami-Dade. Cuéntanos, Lourdes, ¿cómo respondes a las críticas de quienes dicen que no tienes experiencia política?

LOURDES: Primero, soy una mujer de negocios, una emprendedora, una historia de éxito de inmigrantes. Dirigí dos panaderías muy rentables en Brooklyn durante más de veinte años. Créeme, eso te prepara para cualquier cosa. ¡Ser alcalde sería *pan comido* en comparación!

PRESENTADOR DE RADIO: ¡Jajaja! Una política con sentido del humor. ¡Qué tremenda! Ahora abriremos las líneas telefónicas para que las personas llamen. Nuestro número gratuito es el 1-ABAJOFIDEL. Desde North Miami Beach, Mimi Peña, estás en directo.

PERSONA QUE LLAMA #1: Hola. Quiero agradecer a Lourdes por su servicio.

PRESENTADOR DE RADIO: Perdóneme, Mimi, pero Lourdes no estaba en el ejército.

LOURDES: Mimí se refiere a todo lo que hice para tratar de mantener a Elíseo en Miami. ¿No es cierto, Mimí?

PERSONA QUE LLAMA #1: Así mismo. Gracias, Lourdes.

LOURDES: De nada, Mimí. Y con la bendición de La Virgen de la Caridad del Cobre, pueden esperar que haga mucho más como alcalde de Miami-Dade. ¡Demasiados estadounidenses no entienden el sufrimiento del pueblo cubano a manos de esos comunistas sedientos de sangre por más de cuarenta años! ¡Y no se olvide de lo que pasó en Bahía de Cochinos!

PRESENTADOR DE RADIO: Bebo García llamando desde Fort Lauderdale. Estás en directo.

PERSONA QUE LLAMA #2: Yo me retiré a la costa para alejarme del crimen en Miami, sobre todo de esos delincuentes Marielitos. ¡El Líder vació sus prisiones y los envió a todos aquí!

PRESENTADOR DE RADIO: ¿Cuál es tu pregunta, Bebo?

PERSONA QUE LLAMA #2: Quiero saber, Lourdes, qué es lo que planeas hacer respecto a la tasa de homicidios, que sigue subiendo.

LOURDES: Me alegro de que lo preguntes, Bebo. Como expolicía auxiliar, tengo experiencia con la aplicación de la ley. Estoy proponiendo una política de tolerancia cero con el crimen. Si soy elegida alcalde de Miami-Dade, todos los perpetradores serán procesados con todo el peso de la ley, incluida la pena de muerte.

PRESENTADOR DE RADIO: ¡Ñoo! ¡Los teléfonos están sonando sin parar! Desde Kendall, estás en el aire.

PERSONA QUE LLAMA #3: Has vivido en Miami menos de diez años. ¿Qué te hace pensar que tú, una oportunista recién llegada, puede gobernar un condado que apenas conoces?

LOURDES: ¿Una *qué*? Vendía pasteles, no oportunidades.

PERSONA QUE LLAMA #3: ¿Y existe tal cosa como la separación de la iglesia y el estado en los Estados Unidos?

LOURDES: ¿Quién eres tú, de todos modos?

PERSONA QUE LLAMA #3: La pregunta es: ¿Quién eres tú, Lourdes Puente?

Se oye un clic en el teléfono. Lourdes y el presentador de radio intercambian miradas de duda.

LOURDES: ¡Qué paquete, Paquito!

PRESENTADOR DE RADIO: Recibíremos más llamadas luego de las palabras de otro patrocinador nuestro: Caimán Automotive Repairs. ¡Desde jaguares hasta cacharros, en el Caimán se arreglan todos!

VOZ EN OFF: *¿Tienes problemas con el carro? El Caimán Automotive Repairs te atiente cuando se trata de tu vehículo. Confía en El Caimán. [Sonido de rugido de caimán.]*

PRESENTADOR DE RADIO: ¡Estamos de vuelta! Este es tu *Cafecito con Paquito* en Radio Mambí, WAQI 710 AM. ¡No te atrevas a cambiar de estación, compay! De nuevo, nuestro número gratuito es 1-ABAJOFIDEL. Pues Lourdes, hay quienes te acusan de no involucrarte, de no dedicarle tiempo a la política.

LOURDES: Mi tiempo es ahora, Paquito. Yo no necesito hacer esto. Soy jubilada, una mujer rica. Sin embargo, la desgracia del asunto Elíseo exigió nueva energía de mí, nueva sangre, un férreo compromiso con la libertad y la democracia. ¡Que ese ultraje haya ocurrido aquí mismo en Miami... es indignante! ¡Esto es Estados Unidos, no Cuba comunista!

PRESENTADOR DE RADIO: Bienvenido, Rick Andrews, de Liberty City. Estás en directo.

PERSONA QUE LLAMA #4: Como afroamericano y miembro de la comunidad de Miami, yo estaba a favor de regresar a Elíseo a Cuba con su padre. Es donde pertenece.

LOURDES: Sr. Andrews, ¿alguna vez ha estado en Cuba?

PERSONA QUE LLAMA #4: No veo qué tiene que ver eso.

LOURDES: Porque si hubiera estado en esa isla-prisión, no enviaría a un niño de regreso allí. Eso es todo lo que voy a decirle por ahora.

PRESENTADOR DE RADIO: Tenemos una llamada de larga distancia desde Berlín, Alemania. ¡Mira pa' eso! ¡Somos un programa global ahora! Adelante, estás en directo.

PERSONA QUE LLAMA #5: Mami, ¿qué coño estás haciendo? ¿Estás loca?

LOURDES: Ah, ¿por fin me llamas, y es solo para hacer un espectáculo?

PILAR: ¡Tú eres la que está haciendo un espectáculo! Ya es bastante malo que casi mataste a Azul y ni siquiera te molestaste en disculparte.

PRESENTADOR DE RADIO: ¿Quién es Azul?

LOURDES (*sotto voce*): Mi nieto.

PRESENTADOR DE RADIO: ¿Cómo que casi lo matas?

LOURDES: ¡Claro que no! ¿Quién crees que soy?

PILAR: ¿Y ahora estás tratando de imponer tus ideas desquiciadas a todo el sur de la Florida?

LOURDES: ¡Tengo mucho apoyo del pueblo aquí!

PILAR: Ah, ahórrame tu "el pueblo" [PITIDO]. No te importa un [PITIDO] "el pueblo", a menos que puedas hacer que trabajen para ti con el salario mínimo o menos.

LOURDES: ¡Me encarcelaron por mis creencias!

PILAR: Un receso en la comisaría no cuenta como cárcel. A todos los que escuchan: ¡NO VOTEN POR MI MADRE! ¡ELLA ES UNA CÓMPLICE DE LOS REPUBLICANOS!

LOURDES: ¡CÓRTALA! ¡CÓRTALA!

PILAR: ¡CONFÍEN EN MI PALABRA! SE ARREPENTIRÁN.

Se cae la llamada de Pilar.

LOURDES: ¡SINVERGÜENZA!

PRESENTADOR DE RADIO (perplejo): ¡Estás escuchando *Cafecito con Paquito* aquí en Radio Mambí, WAQI 710 AM, llevando nuestras noticias a los cubanos de Miami! Y ahora unas palabras de un patrocinador muy especial, Cuerpo de Cuba Beauty Supplies, en Coral Gables.

VOZ EN OFF: *El tiempo puede cambiar, ¡pero no es necesario que tú lo hagas! Cuerpo de Cuba Beauty Supplies te mantendrá seductora para siempre. Visítanos en nuestra tienda en Miracle Mile y descubre tu propia fuente de la juventud. ¡Descuentos para personas mayores disponibles los siete días de la semana!*

Luz y Milagro Villaverde

Miami

Milagro y yo empezamos a hablar de mudarnos al norte, a algún lugar donde no tuviéramos que fingir que pertenecíamos. Nada era peor, más donde era evidente, que ser exiliado del exilio. Estábamos cerca de los cuarenta y sin pretendientes a la vista. Los bebés volaban a nuestro alrededor como mangos en un ciclón. Estaban por todas partes: en los supermercados, en sus cochecitos, bajo las sombrillas de playa en Crandon Park. Pensamos entonces en tratar de tener un bebé propio, sin la necesidad de un gallo pavoneante, la especie local.

En medio de todo esto, nos encontramos en Parrot Jungle con Eusebio Delgado, nada más y nada menos. El hijo menor de Herminia, la mejor amiga de nuestra madre. Y qué guapo estaba ¡con músculos para mil años! Nos dijo que se había tirado de Cuba a la Florida el año anterior en un barco que él mismo había construido. Yo podía haberme puesto para Eusebio también, pero Milagro y él no tardaron en enamorarse locamente. Estaban en verdad arrebatados. Estuve celosa por una semana. Pero me acordé de que era Milagro quien estaba enamorada. Mi hermana, mi doble hélice. Su felicidad era inseparable de la mía. ¡Ñoo, se embarazó rápido también! Fue como ganar la lotería de la Florida, que había sido de $17 millones esa semana.

Recién supimos que Milagro traía niño.

—Está perfecto —dijo el Dr. Obejas—. Se ve muy saludable y creciendo bien. Cerebro, corazón, riñones, extremidades, todo bien.

El mismo Eusebio lloró como un bebé cuando escuchó la noticia y salió corriendo a llamar a su madre. Milagro dejó un mensaje para nuestro hermano en Berlín. ¿Cómo reaccionaría al saber que sería tío? ¿Vendría por fin a visitarnos a Miami? Milagro tenía tantas esperanzas que decidió ponerle Ivanito al bebé.

Por supuesto, yo estaba totalmente en contra. Abuela Celia había llamado Felicia a nuestra madre en honor a una loca del manicomio que había quemado a su marido. Le dije que los nombres significaban un destino. Entonces, para qué elegir uno que venía con un historial de sufrimiento.

Herminia Delgado

Santa Teresa del Mar

Esta mañana me llamó Eusebio para decirme que iba a ser abuela.
¡Qué emoción! Claro, luego corrí al cementerio para darle la noticia
a Felicia. Llevé una escoba y flores recién cortadas de su jardín, aves
del paraíso, marpacíficos y gardenias, para poner en su tumba. La
barrí, limpié su lápida y puse las flores donde imaginé que estaría
su corazón.

—Perdóname, Felicia. Han pasado meses, lo sé. ¡Pero espera a
que te diga por qué!

Le di un momento para que me respondiera, pero no dijo
nada.

—¿Puedes darme una señal para saber que me escuchas? ¡Es
importante!

Más silencio.

—No juegues a las escondidas conmigo, chica. ¡Es sobre nuestros hijos!

Justo cuando estaba perdiendo la paciencia, una paloma codor-
niz de cabeza azul se posó en su lápida, luego revoloteó hasta el
suelo y me miró fijo. Bueno, si esta era la mejor señal que podía
hacer Felicia, debería tener la gracia de aceptarla.

—¡Óyeme, Eusebio y Milagro están enamorados! ¡Van a tener un bebé!

La paloma ladeó la cabeza e hinchó el pecho, su corona de cobalto brillaba con el sol. Dio vueltas, vueltas y más vueltas en el lugar. Me tenía mareada.

—¡Sí, vamos a ser abuelas! ¿Recuerdas el juramento que hicimos de niñas, cuando nos cortamos los pulgares y prometimos ser amigas para siempre?

La paloma saltó a mi regazo y enterró su cabeza en mi vientre. Arrullaba y me permitía acariciarle sus plumas. ¿Qué podía decir? Hay respuestas cuando las buscamos. ¿Y los muertos? Bueno, ya tú sabes, nunca están muertos del todo.

INTERMEDIO:
LAS FOTOS DE PILAR

Foto #5: 1980

Es el Día de Acción de Gracias, mi festividad menos favorita, cuyo alias es Día Nacional de Luto. Mi madre y yo nos sentamos una frente a la otra en la mesa del comedor. Hay un festín cubano entre ambas: cerdo asado, congrí, plátanos fritos, croqueticas de jamón, yuca con mojo, aguacate de ensalada, buñuelos de postre. Nada de pavo seco. Ivanito está a mi lado, recién secuestrado de Cuba. Mamá se inclina hacia él, con la boca abierta y la mirada intensa.

El pobre Ivanito aún está en shock de vivir en Brooklyn. La mayoría de los días se la pasa mirando por horas el olmo marchito que hay en nuestro patio. Tal vez está pensando en su madre, la tía Felicia, que murió la primavera pasada. Todos discuten si tía Felicia se mató o si murió de pena. ¿Qué importa? Ivanito perdió a su madre y su país de un solo golpe. ¿No debería detenerse el tiempo ante algo así?

Mamá cree que puede hacer que Ivanito olvide su pasado denigrando todo lo que ama. Él habla ruso con fluidez y fue un alumno destacado en Cuba, hasta ganó la Estrella de Oro Vladímir Lenin en su categoría por tres años seguidos. Mamá, por su parte, no sabe nada de cultura rusa, ni de literatura o historia rusa, ni de los cosmonautas, vaya. Para ella, la URSS es el más vil de los imperios, el epicentro del comunismo, lo que descarriló el destino de Cuba y, lo más importante, el suyo.

—El trabajo duro te quitará esa depresión de izquierda, Ivanito. —Mamá estaba decidida a erradicar cualquier vestigio de lavado de cerebro que quedara en él—. ¡Esta es tu oportunidad de alcanzar el sueño americano!

Sí, claro. Trabajar en sus panaderías, de gratis, iba a ser su salvación.

Mi primo entraba y salía de lo que considero eran estados de fuga. Sus maestros llamaban a la casa, preocupados por su salud mental. Ellos reportaban que Ivanito no lograba concentrarse en sus tareas escolares, que tiraba su almuerzo en la basura, que solo tomaba Coca-Cola. Cuando estaba en las panaderías de mamá, ignoraba a los clientes o se olvidaba de cobrarles. A veces regalaba sus panes dulces pegajosos, que eran su éxito de ventas.

Esto enfurecía a mamá. Ella no podía ver su trauma a través de sus incipientes cataratas.

—¿Qué derecho tienes para regalar lo que es mío?

Eso es lo que le estaba diciendo en la cena de Acción de Gracias cuando papá nos hizo la foto. Papá cocinó todo el banquete él mismo. Tiene el gorro de cocina torcido, un codo vendado y el delantal sucio de tantos días en la cocina. Hace que me pregunte si lo que no vemos es en realidad más importante que lo que sí vemos.

Foto #6: 1984

Ivanito y yo estamos en el CBGB, drogados, tirados el uno sobre el otro, como un lío feliz de vodka y metanfetaminas. ¿Quién sabe de dónde salió esa Polaroid? Yo llevo mis jeans negros ajustados y una chaqueta de cuero con tachuelas; Ivanito, con el cabello decolorado hasta el olvido, luce etéreo, es casi transparente a excepción de sus ojos, rojos por el flash de la cámara. Hay grafiti y volantes rotos por toda la pared detrás de nosotros. Tuvimos muchas noches como esa.

Soy la bajista de mi banda punk, Autopsy. Ivanito acaba de terminar la secundaria y es un corderito a quien quiero corromper. Es el cantante principal de la banda, la carnada que garantizó nuestro nanosegundo de fama en el centro. Para horror de mamá, Ivanito se saltó por completo la etapa de las dudas sobre la sexualidad y salió del clóset a los quince años como si se tratara de una venganza.

Por supuesto, ella me culpó de "feminizarlo".

No mucho después de la toma de esta foto, el movimiento punk se derrumbó y el SIDA arrasó durante años. Generaciones de artistas y renegados fueron brutalmente aniquilados. Nuestro léxico se vio obligado a adaptarse a la cruda realidad, al conteo de células T, al sarcoma de Kaposi, la retinitis, las cargas virales. Ivanito perdió a cuatro amigos cercanos en esa aniquilación. "¿Solo cuatro?", le preguntaba la gente con incredulidad. Teniendo en cuenta las estadísticas de la época, Ivanito tuvo una suerte asombrosa.

Mi primo y yo nos llevamos ocho años, pero estuvimos muy unidos por un tiempo. Nos perforamos la nariz, nos tatuamos escorpiones a juego en las muñecas, nos contábamos sobre los amores que resultaban escandalosamente mal. Nada nos importaba más que la euforia del momento. Me hace feliz e insoportablemente triste mirar esta fotografía, recordar nuestra libertad e imprudencia, nuestro lanzarnos a cada precipicio sin pestañear.

Cómo extraño aquellos días en que vivíamos, brevemente, como uno mismo.

IV

BERLÍN-GRANADA

I

Ivanito Villaverde

Cuando el tango lo sedujo en una azotea de Berlín...

La fiesta de tango se hacía todos los jueves en una azotea en Wilmersdorf, si el clima lo permitía. Contaba con un trío en vivo con un excelente bandoneonista de Buenos Aires, había sándwiches de bistec a la parrilla, chimichurri y una gran cantidad de vinos de la región de Mendoza. Tereza juró que era la milonga más amistosa de la ciudad. Familias, homosexuales y principiantes eran bienvenidos por igual. Los bailarines profesionales solían unirse a la fiesta a medida que avanzaba la noche. Tereza había estado invitando a sus primos a que probaran el tango. Esa noche se le estaba cumpliendo su deseo.

Fue a mediados de un junio muy lluvioso. Los cinco habían sido inseparables durante semanas. Se reunían todas las noches en casa de Ivanito. Hablaban de forma intermitente en inglés (su idioma común), alemán y ruso, incluso soltaban sus palabritas en español (groserías, en su mayoría). Contaban y volvían a contar sus historias, caían antes los "qué hubiera pasado si...", "cómo habría sido si...". Irina dirigía su imperio de lencería desde la fábrica en Berlín y mantenía su suite en el Hotel Adlon. Ella se complacía de ser quien proveía los banquetes de las tertulias diarias. Esa noche llevó para cenar una paleta de cerdo asada, papas al perejil, espárragos blancos en salsa de mantequilla con pimienta y *pot de crème* para el postre.

¿Quién podía bailar después de una comida como esa?

El apartamento de Ivanito era, como siempre, un desastre. Los platos con las sobras estaban esparcidos alrededor de tacones altos, mochilas, calcetines sucios, cerámica rota y hasta un equipo de esgrima. Irina le había comprado a Azul un juego de espadas de tamaño medio y le estaba dando clases.

—¡En guardia, pececito! ¡No llegarás a ninguna parte sin instinto asesino! *Bud' gotov!*

Azul luchaba con una terca intensidad. Pilar tenía ahora otro motivo para sorprenderse sobre su hijo: ¿Quién diría que era tan competitivo? Durante los descansos, Irina y Tereza discutían acaloradamente sobre política.

Por su parte, Pilar había convertido el segundo cuarto de Ivanito en un estudio de arte improvisado (andaba loca con sus experimentos inspirados en el kintsugi). Incluso, había mutilado el escritorio de abedul de Ivanito, una alfombra geométrica antigua y variedad de utensilios de cocina que él tenía en la casa. Últimamente se dedicaba a reparar tazas de té de porcelana rotas. Utilizaba abrazaderas de goma y su nociva resina epoxi de polvo de oro. Fueron interesantes para Ivanito su serie de esculturas totémicas (hermosas y misteriosas), delgadas como un lápiz, que desafiaban la gravedad, las cuales ella ensambló a partir de montones de fragmentos de cerámica que no coincidían.

Sin embargo, Pilar estaba concentrada en arreglar el espejo roto del antiguo armario de caoba de La Habana, que estaba en el cuarto de Ivanito. Azul confirmó que había estado viendo a un par de tortolitos anticuados bailando dentro del espejo.

—Como en una película.

Cuando el espejo se rompió de forma inexplicable, parecía que había sido de una pedrada. Pilar no le dio importancia al incidente, pero Ivanito lo entendió como otra prueba más de que él y Azul compartían un don para lo sobrenatural, de que veían lo que otros no podían.

Por desgracia, la anarquía doméstica ahora crónica seguía desencadenando los ataques de su halo. Se la pasaba con estática a todas horas, como su vieja radio de onda corta en Cuba. Tanto, que Ivanito casi esperaba escuchar a Wolfman Jack aullando en sus oídos. En las mañanas, sobre todo, el halo emitía un gemido chirriante, como si afilara cuchillos en su tiempo libre. Sin mencionar las migrañas recurrentes que le inducía esa cosa maldita. Era un recordatorio para él de que permanecía la batalla con su madre muerta y con la muerte misma, seductora.

Esa noche Ivanito ayudó a sus primas a vestirse para la fiesta de tango. Si el evento era un fracaso, al menos ellos se verían fabulosos. El esmoquin que le prestó a Tereza le quedó perfecto, transformándola en una modelo de GQ y escondiendo sus axilas selváticas. Las hermanas medían 1.73. La elegante y depilada Irina se metió en un traje sin mangas con estampado de leopardo, que mostraba sus romboides asesinos de mujeres. Ivanito había oído decir que su prima, también conocida como "Die Wow-Russin", era la recién llegada más caliente de la escena lésbica de Berlín.

Pilar, como era de esperar, fue una pesadilla para vestir. Ignoró los consejos de Ivanito y armó un conjunto que constaba de un sombrero de copa, medias de red y pantalones de cuero, el cual Ivanito caritativamente denominó con el look de una "prostituta neobávara". Azul se veía guapo con una chaqueta Nehru encogida (otro hallazgo del pulguero) y un par de gafas de sol redondas de color naranja: era un John Lennon bebé. Mientras que Ivanito se transformó en una espectacular Evita Perón: copete platino, labios rojo carmín y un tafetán sin tirantes de los años cuarenta. ¡Traigan el balcón de la Casa Rosada!

Se amontonaron en el destartalado Trabi de Tereza y bajaron las ventanillas para hacer el corto trayecto hasta Wilmersdorf. La noche era cálida, saturada con el olor a semen de los castaños en flor. Con su motor de dos tiempos, el Trabi chisporroteaba y echaba humo por las calles de Charlottenburg. Era, por mucho, el peor automóvil jamás construido, más allá de su creciente estatus de culto.

En el camino, Irina comenzó otra ronda de tiros con su hermana.

—¿Qué tal si le hacemos una visita a tu madre en lugar de ir a bailar tango?

—Eso no va a pasar —espetó Tereza.

—¿De qué otra manera llegaremos al fondo de su engaño?

—No creas que puedes controlarme, Irina. Y menos a todos los demás aquí.

—Disculpen —interrumpió Azul—. ¿Tengo otra abuela?

—¡Tu *babushka* es una ladrona! —soltó Irina en inglés.

—¿Cómo te atreves?

Tereza frenó en medio de Kantstrasse. Los otros conductores tocaron la bocina y la maldijeron. Tereza agarró el timón con más fuerza.

—Uy, ¿tal vez deberías parar? —sugirió Pilar.

—¡Cuidado con ese camión! —Ivanito chilló.

—Como no vayas conmigo a Cuba —amenazó Irina—, te juro que iré directo al asilo y...

—Está bien.

—¿Está bien qué?

—De acuerdo, Irina. Iré contigo a Cuba ya que significa tanto para ti.

—¿De verdad?

—Ja. Si la salud de Mutti lo permite.

Irina abrió la boca y luego la cerró. Su discusión se desinfló.

—¡Es *ist ein Wunder*! —Azul vitoreó.

—Ya era hora —murmuró Ivanito, secando el creyón de sus labios.

Cuando se detuvieron en el siguiente semáforo, un jubilado con el ceño fruncido les gritó que los lunáticos invadían Berlín desde la reunificación.

Los primos subieron a la fiesta de la azotea en un ascensor de servicio chirriante. A nueve pisos sobre las frondosas llanuras de la ciudad había un nido romántico, encendido con velas y ciruelos. En una enorme barbacoa chisporroteaban los filetes. Parejas espléndidamente vestidas, la mayoría del mismo sexo, giraban en sentido contrario a las agujas del reloj, al son de la infame "Balada para un loco", de Piazzolla. Ivanito-Evita causó sensación del brazo de Tereza, que era una querida estrella del tango local.

Muchos tangueros reconocieron a las gemelas del baile de inicios de la primavera, en el evento en el Spree, y les rogaron que actuaran juntas de nuevo. ¿Quién en el circuito europeo de tango queer no sabía ya de su dramático reencuentro? Tereza e Irina ocuparon sus lugares en el centro de la pista de baile mientras la banda tocaba "Por una cabeza". Pero, para asombro de todos, el fraseo de las hermanas era vacilante y sus cuerpos se contradecían con cada movimiento. Lucían como compañeras novatas en lugar de *doppelgängers*.

—Sal de tu cabeza —susurraba Tereza—. Sígueme.

Pero Irina apenas podía ejecutar un simple ocho. Frustrada, salió corriendo y le dio la espalda a la multitud decepcionada. Mirando enojada hacia la ciudad debajo de ellos, encendió un Cohiba para calmarse.

Con una dignidad propia de la exprimera dama argentina, Evita tomó el lugar de Irina. Los primos bailaron con facilidad. Sus torsos estaban alineados y provocativamente fuera del eje, sus pasos eran nítidos y sincrónicos. A medida que crecía su confianza, agregaron firuletes, tijeras y boleos que complacieron a la multitud e incitaron a un puñado de cumplidos. *Llorar, / llorar por una mujer / es quererla / y no tenerla...* ¿Qué era el tango sino abrazar el amor y el sufrimiento a partes iguales?

Cuando Tereza sumergió a Ivanito en un final extravagante, este vio que Azul le mostraba un paso de caja básico a Pilar cerca de la baranda. Pero, cosa increíble, su propia también madre revoloteaba sobre ellos, con el aspecto de un búho estigio. Se veía

espectralmente blanca hasta la punta de las alas, y estaba flanquea-
da por un par de palomas gigantes. ¡Eso era demasiado! ¿Estaría
planeando abalanzarse sobre Azul como un ave de rapiña y llevárselo en sus garras? ¿Cómo se atrevía?

Ivanito necesitó mucho autocontrol para agradecer de forma
superficial la ovación de la multitud. No tenía tiempo que perder
en elogios. Su madre flotaba en el crepúsculo rosado, proyectando
una sombra que se expandía sobre el techo, con el rostro inmóvil
y un aleteo constante. La temperatura bajó diez grados. Luego,
estirando una pierna peluda hacia afuera, su madre lanzó un disco reluciente que se dirigió en espiral hacia Azul.

—¡Detente! —gritó Ivanito.

Todos en la azotea se congelaron, como si estuvieran suspendidos en el tiempo. Solo él y Azul, tembloroso, se movían. Mami saludó tímida al niño. Sus plumas blancas se ondularon, aunque el
aire estaba perfectamente quieto. Las palomas estaban a su lado
como guardaespaldas. Con la barbilla levantada, Azul, hechizado,
vio descender despacio el halo hacia su cabeza.

—Un regalito para ti, mi cielo.

El pico de la madre de Ivanito se movía elástico, pronuncian-
do cada palabra.

Azul estiró sus brazos hacia el oro de la espiral. ¡Carajo! ¿Estaba
levantándose del suelo como la ascensión de la Virgen María? Ivanito se abalanzó sobre el niño, agarrándolo por la cintura. Juntos
cayeron contra la baranda y por poco se salen de la azotea. Ivanito
temía que su madre pudiera secuestrarlos a ambos, con los huesos
rotos o no. Pero lucharía contra ella hasta el amargo final, si fuera necesario. Sin embargo, cuando volvió a levantar la vista, ella
había desaparecido.

El movimiento se reanudó en la pista de baile.

—¿Qué diablos te pasa? —le dijo Pilar, agarrando a su hijo.

Azul sollozó. Se había golpeado la cabeza en la caída y una gota
de sangre le corría por la mejilla.

—¿Dónde está, tía? —le preguntó a Ivanito, acariciando su cabeza—. No siento mi halo.

—Lo siento, conejito. Tenía miedo.

—¡Pero yo quería uno, como el tuyo!

—¿Querías qué? —preguntó Pilar.

—¡Un halo! —Azul lloró.

Ivanito enfrentó el vacío donde había estado su madre. El cielo
tenía mil salidas invisibles: la luna, en pánico; los planetas negros;
la bóveda de estrellas. ¿Cómo podría él saber adónde se había ido?
Revisó la azotea en caso de que estuviera al acecho como un ángel
rebelde en alguna parte, vigilando. No había rastro de ella entre
los ciruelos, donde Irina, malhumorada, bebía vino directamen-
te de la botella.

Con mucho cuidado, Ivanito escudriñaba el horizonte como lo
hacía la abuela Celia cuando vigilaba su tramo de la costa cubana.
Pero no espiaba tan bien como ella.

El rímel, un poco corrido por la cara, le empañaba la visión del
ojo izquierdo. Ivanito trató de quitarlo, parpadeando. ¿Cómo es
que su madre se atrevía a atraer a Azul hacia su muerte con favo-
res y promesas, como había intentado hacer con él cuando tenía la
misma tierna edad? ¿En verdad esperaba tener una segunda oportunidad? ¡Qué cansado estaba de sus martirios! ¡Sus eternas ham-
bres! ¿Alguna vez dejaría de perseguirlo? ¿Se establecería como un
fantasma ordinario más en esa capital de fantasmas? ¿Regresaría
tranquila a su tumba en las afueras de Santa Teresa del Mar? ¿Lo
dejaría, por fin, en paz?

Lo dudaba.

Posdata

Casi pierdo a mi hijo anoche en una azotea de Berlín. Azul no resultó herido, pero mi corazón se atascó en mi garganta. No fue culpa de nadie, en verdad. Los muertos buscan a los vivos todo el tiempo.

¿Por qué fingí que nada cambiaría cuando fuera madre? ¿Acaso no debería cambiar todo por un hijo? ¿Qué buscaba ciegamente en Berlín: el privilegio de la calma, de la reparación?

Tenía un niño conmigo, aquí en la Tierra, alguien que crecía en mi presencia. Nuestro amor se fue expandiendo; ingeniosamente, se encendía y se apagaba. Al final me dejaría, como tenía que ser.

Aceptarlo fue un acto radical.

2

Celia del Pino

Los enamorados cenan juntos, acompañados por un trío flamenco...

—Soñé que vendrías a mí por mar.

Celia tendió su copa para pedir más jerez.

—¿Como Cristóbal Colón?

—Sí, con la Niña, la Pinta y la Santa María.

Cantó los nombres de las naves como una colegiala.

—¿Me ves como un conquistador?

Gustavo estaba demasiado complacido con la analogía.

—Me venciste hace mucho tiempo, mi amor.

La luz de las velas le sentaba bien a Gustavo, pensó Celia. Sus rasgos se suavizaron, se borraron en un tono rosa.

—Sé que tener tu perdón es imposible.

—Tú no necesitas mi perdón, Gustavo, y yo no necesito el tuyo. Si comenzamos con este tipo de contabilidad, nunca acabaremos.

Los camareros trajeron una fuente con jamón serrano y un aluvión de tapas: gambas a la plancha, calamares fritos, chorizos, pulpos, croquetas de cangrejo, merluza a la romana, anchoas frescas, buñuelos de bacalao, pimientos asados, almendras salteadas fritas... ¡no se acababa la comida!

Celia admiró el banquete, el restaurante vacío.

—¿Por qué somos los únicos?

—Todavía es temprano —dijo Gustavo, pero era casi media-noche.

Celia no tenía idea de qué hora era en Santa Teresa del Mar. Nunca antes había tenido que calcular la hora en relación a otro lugar. El tiempo había sido una constante en su playa, donde pasaba más rápido o más lento según su propia subjetividad. Gustavo tentó a Celia con una croqueta de cangrejo en la punta de su tenedor. Ella tomó un bocado. Su cremosidad la desarmó.

—Sabes, no comimos mucho en el Hotel Inglaterra.

Gustavo le ofreció a continuación un bocado de chorizo flameado con brandy.

—Tengo mucho que compensarte.

—¿Olvidaste nuestro arroz con cangrejos?

Celia sucumbió a un bocado de merluza.

—Lo devorábamos todas las noches.

Con un ligero temblor, Gustavo exprimió unas gotas de limón sobre un camarón a la plancha y se lo acercó a los labios.

—No me acuerdo.

—Todas las mañanas te aventurabas heroica y traías a la habitación mangos y fruta bomba de un vendedor ambulante.

—Ah, de eso sí me acuerdo.

Gustavo sonrió, jugando con un poco de calamar frito.

—Te comías la fruta sobre mi barriga.

—Y otras partes, mi vida...

—Dilo, Gustavo. Somos demasiado viejos para eufemismos.

—¿Qué diga qué? —dijo, fingiendo una mirada inocente.

—En dónde más te comías la fruta bomba.

—Eh... mmm...

—¿Te estás sonrojando?

Su rostro estaba tan rojo como los pimientos asados.

—A veces confundo las cosas.

—¿A mí con ese cuento? —Celia se rio.

El trío de músicos se instaló en el escenario circular del restaurante. Había dos guitarristas masculinos. Uno tenía una barba poblada, y la llamativa cantante tenía una nariz ganchuda, un ajustado corpiño satinado y una falda flamenca. También llevaba el pelo recogido con peinetas altas. Con una inclinación de cabeza de Gustavo, los guitarristas iniciaron un cante jondo muy querido por García Lorca.

—Está cantando en mi nombre —murmuró Gustavo al oído de Celia—. De mí para ti.

La voz de la cantante se quebraba con las letras de desamor. Irradiaba como un duende. Alguna vez Celia se había imaginado como esa mujer, con la misma musicalidad en las manos, con los pies flexibles contra las tablas del suelo y una falda voluminosa que brillaba, de color carmesí.

De hecho, años atrás Pilar le había hecho un retrato a Celia donde la dibujó con una falda flamenca, posando en su portal junto al mar. Su nieta se había enamorado de los azules de la isla: el aguamarina de la costa, los tonos cerúleos de las aguas profundas, los azules nocturnos de las palmas reales. Y había logrado captar los azules más íntimos de Celia: el delicado índigo debajo de sus ojos, su lunar azul marino desvaneciente en su mejilla.

Un par de meseros trajeron la paella de mariscos, suficiente para una pequeña celebración de boda.

—¿Seguro de que no estás esperando a nadie más? —preguntó Celia.

—Solo a ti, mi reina.

El sumiller sirvió el vino, un español albariño. Celia no sabía nada de vinos, excepto que le gustaba mucho ese. En Cuba solo el ron estaba disponible. Vació su copa y Gustavo la volvió a llenar.

—Despacio, corazón —la reprendió—. Mantengamos la cordura.

—Eso está sobrevalorado.

Celia apuró el segundo vaso.

—Entonces, al menos, come un poco más —dijo, y añadió una cucharada de paella a su plato—. Quiero saber todo sobre tu vida.

Qué irritante se estaba volviendo con esa tontería de ponerse al día.

—No hay suficiente tiempo para revivirlo todo de nuevo —aclaró Celia.

—Ya veo. Entonces cuéntame de la Revolución.

Celia se sintió conmovida por el vino.

—¡Defendería a El Líder hasta su último aliento! — tan solo mencionarlo le hacía desear un tabaco.

—Lo cual puede ser pronto, ¿no?

—¿Te estás burlando de mí?

—Nunca.

Celia estaba ansiosa por una pelea, pero ¿qué resolvería eso? Sus últimos alientos también llegarían pronto. ¿Por qué arruinar el preludio? Miró su plato. Menos mal que la paella era excepcional. ¿Cuándo fue la última vez que había probado un plato con azafrán? Si esa era su última comida, moriría contenta.

Gustavo le contó, durante la cena, cómo se le prohibió ejercer la abogacía tras su encarcelamiento, debido a su oposición política durante la Guerra Civil Española. Tras su liberación, había ejercido la docencia en la Universidad de Granada hasta su jubilación, quince años atrás.

—Me otorgaron el dudoso premio de un puesto académico —dijo—. Me sentí terriblemente roto, inútil. Pero los estudiantes me mantuvieron en marcha.

Entre bocados de paella, Celia también le narró sus años como jueza civil en Santa Teresa del Mar. La desanimaba pronunciarse en casos sin importancia como adulterios o ajustes de cuentas entre vecinos. Eso no tenía nada que ver con un juez. En dos ocasiones se había visto obligada a tomar casos relacionados con su hija, Felicia, a pesar del conflicto de intereses. Celia tenía fama de pronunciar sentencias creativas, como inscribir a ladronzuelos en

programas de teatro o asignar a un incorregible Don Juan a trabajar en un círculo infantil.

—Entonces, los dos fuimos partícipes de la ley —dijo Gustavo, impresionado.

—¡Más bien la ley participó de nosotros!

Inevitablemente, la conversación giró hacia sus familias. Gustavo se encendió hablando de su única hija, Analise, que ense-
ñaba ópera en Milán. Había sido una excelente soprano en su
día, le dijo, pero no lo suficientemente extraordinaria como para
actuar en los mejores escenarios del mundo. Analise nunca tuvo
hijos, aunque estuvo casada por poco tiempo con un violonchelis-
ta mujeriego.

—No todas podemos ser divas —dijo Celia en voz baja—. La
mayoría de nosotras nos resignamos a cederle el protagonismo a
otras.

Celia se resistía a hablar de sus hijos: de Javier y Felicia, los sui-
cidas, y de Lourdes, distante durante tanto tiempo debido a sus
ideas políticas reaccionarias. Algunas cosas era mejor no decirlas.
Además, ¿qué podría haber dicho ella en su defensa? ¿Que no había sido apta para la maternidad? ¿Que nunca había amado a su
marido? ¿Que solo la Revolución, con su propósito superior, sus
elevadas metas, la había comprometido de verdad? ¿Que sus nietos estaban esparcidos por los vientos como plantas sin raíces, sin
siquiera una palabra ocasional para ella?

No, ella no estaba lista para hablar sobre ninguno de ellos.

—La familia no es un tema feliz para mí, Gustavo.

Celia temía destruir su presente con lamentos de su pasado,
aunque sabía que no podía escapar de él por completo.

La paella de marisco se había enfriado en su amplia y poco profunda sartén. Si tan solo pudiera enviar las sobras a Herminia, que
las devoraría de una sentada. Antes de salir de Cuba, Celia había
legado en secreto su casita de ladrillo y cemento a su devota vecina.

—¿Por qué nunca te fuiste de España? —preguntó Celia.

Gustavo alargó la mano como un rosario de huesos retorcidos y la miró fijo. ¿Sentía admiración? ¿Confusión? ¿Amor?

—Por las mismas razones que tú nunca dejaste Cuba. Es tu país, tu patria. ¿Cómo abandonarlo en su hora de más necesidad? —dijo y agarró su mano con más urgencia—. El exilio es peor, mucho peor. Cobarde incluso. ¿No estás de acuerdo?

—Eso pienso —dijo Celia— hasta ahora.

—Entonces, ¿has abandonado tu isla?

—Todavía no, Gustavo. Pero estoy abierta a que me persuadan.

3

Ivanito Villaverde

Cuando conjura a su madre muerta en el Tiergarten
al amanecer...

Ivanito entró al Tiergarten temprano. Era el solsticio de verano. No sabía si conseguiría un ligue, si nadaría o si se suicidaría. ¿Tendría que ponerse de acuerdo con su madre si quería salvar a Azul? ¿Habría otra manera? Ella era enloquecedora, imposible, vengativa. ¡Nunca se conformaría con lo que esperaba de él! Ivanito deambuló por Löwenbrucke. Escudriñaba el bosque en busca de algo sexual, pero no había ni un alma alrededor. Solo los ruiseñores anunciaban una tormenta, menguada su temporada de apareamiento. Era demasiado tarde o demasiado temprano para tener sexo. Tampoco él se veía muy atractivo. Andaba sin afeitar, sin lavarse, descuidado.

Una garza andaba sobre las aguas poco profundas del Neuer See. Una docena de botes de remos estaban amarrados a los muelles recién pintados. No hacía mucho que Ivanito había estado allí con con Pilar y Azul. ¿Cuándo fue eso, exactamente? El tiempo era cada vez más inestable. Colapsaba y desvanecía el presente en el pasado. Soltó un bote de remos, se subió a bordo y lo hizo deslizarse por el lago. Una polilla con enormes manchas marrones pasó revoloteando.

Ivanito tiró un remo al agua y lo vio deslizarse bajo las algas. ¿Acaso oía el murmullo de una anguila? ¿Una carpa? Soltó el otro remo. Un par de gansos silvestres se veían suspendidos en los cielos, como amainados por las fuerzas invisibles de Venus. ¿Por qué no flotar en ese lago para siempre? Olvidarse de llevar su vida en alguna dirección particular. A la deriva en un bote, en un lago artificial, en el corazón de Berlín. Tal vez eso era suficiente.

El bote de remos quedó atascado en una mata en el agua. Mientras trataba de mover el bote, vio que un zorro lo miraba desde la orilla. Ivanito buscó en la cara triangular del animal un indicio de lo que debía hacer. Pero el zorro dio media vuelta y desapareció en el bosque que una vez estuvo poblado de jabalíes y ciervos para la aristocracia prusiana. Ivanito se tocó distraídamente el lunar de la mejilla. Lo había heredado de su madre, y ella, a su vez, de abuela Celia. La marca de belleza que los marcaba a todos como una causa inútil.

Un banco de niebla se deslizó sobre la superficie del agua, espesándose con insectos ruidosos. Una libélula pasó volando, despachando una avispa en el aire. De repente, Ivanito se paró en el bote de remos hasta que dejó de balancearse. ¿Podría haber alguna vez una reconciliación con su madre? ¿Una tregua, aunque fuera provisional? No se podía negar que su amor era defectuoso, pero también había sido ferozmente abundante.

El aire se humedeció con sonidos y fragancias tropicales, y un repentino clamor de loros. El aroma de las mariposas flotaba a través del lago. Una furia de lianas y trompetas se apoderaba del bosque, ahogando álamos, abedules y pinos. Los jagüeyes apretados se elevaban quince metros en el aire, agitando sus vastas raíces aéreas. Una bandada de camachuelos saltó de las ceibas a las palmeras de corcho, llamándose unos a otros con enfáticos *tsi-tsi-tsis*.

Ivanito sacudía la cabeza, pero las visiones persistían. Las heliconias se retorcían por todas partes. Sus pinzas de langosta daban un vegetal golpe de estado al Tiergarten. Un colibrí surgió de la nada, zumbando brillante. Volaba en bucles frenéticos, chirriando y trinando, con sus diminutas alas borrosas. Luego revoloteó hacía arriba. Era una manchita de color en el cielo nublado, antes de lanzarse de cabeza en el lago.

—¡Mami! —su voz resonó a través del bosque—. ¡Aquí te espero!

Ivanito pensó en cómo él y su madre se habían aferrado el uno al otro a pesar de los esfuerzos de su familia y de la Revolución por separarlos. Juntó las palmas de las manos como si estuviera orando. *Nada debe interponerse entre una madre y un hijo. Nada en absoluto.*

—Mi cielo...

La voz de su madre rodeó su cintura como una cinta de calidez. Despacio, apareció ante él, joven y feliz, idéntica a la fotografía que tenía de ella en la playa de Santa Teresa del Mar.

—Te veo —dijo Ivanito, lleno de ternura.

—Ay, niño mío...

Su madre sostuvo su rostro suavemente, como una ofrenda, y lo inclinó hacia el cielo. La nieve empezó a caer, ligera al principio, luego con más fuerza, envolviéndolos en oleadas de fríos pétalos. Sus miembros se tensaron, sus labios se entumecieron. El éxtasis del hielo había llegado.

—Iré contigo —dijo, cediendo al fin—. Pero deja a Azul en paz.

Su madre llevó las manos de Ivanito a su corazón. Luego las soltó y desapareció tranquila.

Vencido por la somnolencia, Ivanito cerró los ojos y saltó a la cristalina tranquilidad del lago, sucumbiendo a su dichoso y embriagante silencio.

Cuando se atrevió a abrir los ojos, estaba desnudo y flotando de espaldas en las frías aguas, con el pelo suelto, las piernas relajadas y separadas, el sexo rosado flotando. La nieve se había detenido. Su cráneo se sentía liviano, envuelto en algas. Le tomó un momento darse cuenta de que su halo se había ido. Le vino a la mente un verso de Pushkin: *Hay un recuerdo de mí / En el corazón del mundo en que vivo.*

4

Celia del Pino

Los amantes finalmente se reúnen como lo hicieron una vez...
¿o no?

Celia despertó la mañana siguiente acurrucada en los brazos de
Gustavo en la inmensa cama del hotel. Este roncaba como una
máquina, con la boca abierta y un toque de perejil en los dientes.
Ambos estaban parcialmente vestidos y la luz que se filtraba en
su habitación no perdonaba. Celia hizo un inventario rápido de su
apariencia. Se había quitado los zapatos, tenía la blusa desabrocha-
da, el sostén aún abrochado, aunque los tirantes se le habían resba-
lado de los hombros. Su cabello estaba en total desorden.

¿Había pasado algo entre ellos la noche anterior? Celia no podía
recordar. Le dolía la cabeza por el exceso de vino y jerez, y tenía el
vientre hinchado por las montañas de comida andaluza. Había un
sabor ahumado e inidentificable en su boca. Ella recordaba vaga-
mente haber comido ostras. La noche había terminado de madru-
gada, con merengues árabes y una conmovedora interpretación de
"Granada" por parte del trío flamenco.

Celia se desprendió de Gustavo y lo miró bien. No tenía los
pantalones, pero tenía la camisa puesta y bien abotonada. Sus cal-
zoncillos y calcetines a rayas (sostenidos por ligas negras) se veían
intactos. Estaba derrumbado sobre su lado derecho, con un pie colgando de la cama, su cabeza calva llena de manchas. Sus pantuflas

de terciopelo azul estaban en el suelo, adornadas con cintas llama-
tivas. No era así como se había imaginado que sería su primera
mañana después de... Pero fue una mañana después de...

¡Coño, ahora le iba a fallar la memoria!

Celia se acercó a tientas al baño con su desconcertante variedad
de artilugios, y se vio a sí misma en el espejo. Tenía los ojos con el
rímel corrido, la boca grasienta manchada de quién sabe qué. ¡Y,
por dios, un pelo grueso brotaba del lunar caído en su mandíbula!
Buscó su pinza de cejas y se lo quitó. Una calamidad menos. Celia
se bajó las pantimedias, rasgadas desde la cadera izquierda hasta
la rodilla hinchada, y se dejó caer sobre el inodoro.

Después, curiosa por el bidé, jugueteó con las manijas del grifo y salió un chorro de agua que golpeó el techo de forma espectacular. ¡Carajo! Tiró unas toallas enormes sobre el revoltijo, salió de puntillas al balcón para no despertar a Gustavo y se asomó
entre las cortinas.

Estaba nublado y era imposible decir la hora. El río que se veía
abajo estaba fangoso, lento. ¿Se dirigía hacia el Guadalquivir sobre
el que García Lorca había escrito con tanto cariño? A lo largo de sus
orillas se alzaban imponentes sauces y naranjos, rebosantes de fru-
tos. Puentes peatonales cruzaban el río desde la ladera de la Alhambra hasta lo que parecía un laberinto de callejones medievales. ¿Se
estaba imaginando el llamado de los islámicos para orar? Ya había
pasado un día y una noche en Granada y no había visto casi nada.

Le vino a la mente un verso de García Lorca: *mil violines caben
en la palma de mi mano*. En 1930, Celia había escuchado al poeta
leer en La Habana en el Teatro Principal de la Comedia. Muchos
en la audiencia recitaron sus palabras junto con él, lo que compla-
ció al poeta. Pero García Lorca pronto se puso serio, advirtiendo
que los vientos fascistas soplaban en España y otros lugares. Dijo
que una Cuba libre era más vital para el mundo que una Cuba rica
o una Cuba segura, si la seguridad implicaba perder la libertad.
Celia se unió a la multitud en una ovación de pie.

—Mí amor, ¿qué haces? —preguntó Gustavo, sorprendiéndola.

Tenía los ojos soñolientos y se apoyaba sobre un codo. Su cabeza flotaba sobre la marea de sábanas despeinadas.

—Ven aquí —dijo él.

—Necesito un baño.

—Parece que ya te diste uno.

—¡Maldito bidé!

—Entonces, ¿nos bañamos juntos?

—No, claro que no —dijo Celia, y Gustavo se rió.

—¿Qué tal un pequeño desayuno, entonces?

—No puedo volver a comer hasta que no pasen unos días.

—No eres una de esas mujeres que desdeña la comida, ¿verdad? Que vive del aire.

—Esa soy yo. Viviendo del aire, de los sueños.

Celia quería sonar despreocupada, pero las palabras le salieron acusatorias. ¿Qué estaba haciendo ahí, de todos modos, tan lejos de casa? ¿Qué la había hecho abrir la carta de Gustavo en primer lugar? ¿Por qué había permitido que él la persuadiera de emprender ese lamentable viaje? ¿Para robar lo que quedaba de su tranquilidad?

La nostalgia era una trampa viciosa, pensó. Sus delirios, una fuente inagotable de dolor. ¡Tontería, pura tontería la había llevado a allí! Ese mismo día empacaría su maleta roja con su patético y esperanzador contenido y regresaría a su casita de ladrillo y cemento junto al mar, a su soledad y serenidad ganadas con esfuerzo.

—No te vayas, mi vida —dijo Gustavo, como si leyera su mente—. Te necesito.

Se arrodilló ante ella con dificultad. La parte superior de su cráneo estaba conmovedoramente salpicada de manchas color hígado.

—Por favor, Gustavo. —Celia contuvo la respiración para evitar las lágrimas—. No he dicho nada por el estilo.

—Pero te escuché de igual forma.

—Por favor, levántate. Me estás avergonzando.

—¿Eso es todo lo que se necesita? —Gustavo se empujó hacia atrás para ponerse de pie con un gemido—. Baila conmigo, corazón.

Presionó su mejilla sin afeitar contra la de ella, tarareando y balanceándose al ritmo de "Lágrimas Negras", su bolero. Su cuerpo se sentía ligero, apenas allí, como si sus huesos estuvieran hechos de aluminio.

—Estás temblando —susurró Celia.

—Es mi corazón.

Celia apoyó la cabeza sobre el pecho de Gustavo. Era cierto. Su corazón era un trémolo de emoción.

—Aquí estamos, mi amor. Por el tiempo que dure este momento. Hasta que el mundo quiera que nos preparemos para la muerte —dijo Gustavo y besó a Celia en la boca—. Quédate conmigo. Tengo otra sorpresa para ti.

—¡Tus sorpresas me van a matar!

—Esta no, lo prometo.

Se acercó al armario y extrajo un estuche de instrumentos musicales, un trípode y un taburete plegable. Gustavo dejó el maletín en el suelo y lo abrió. Dentro había un violonchelo, bruñido hasta relucir.

—¿También escondiste a un músico allá adentro? —bromeó Celia.

Gustavo sonrió, afinó las cuerdas jactándose comedidamente y luego cogió el arco. Celia se sentó en el borde de la cama, intrigada. ¿Cuándo había aprendido a tocar el violonchelo?

—Como sabes, esto fue escrito para piano —dijo—. Pero un amigo compositor lo adaptó para violonchelo.

Nada más escuchar las notas iniciales, Celia reconoció "La Soirée dans Grenade", de Debussy. ¿Cómo podía saber Gustavo lo que significaba esa música para ella? ¡Cuánto ella la había tocado sin parar en los primeros años de su matrimonio, cuando su salud era delicada! Tanto que los médicos le advirtieron a su marido que la mantuviera alejada de Debussy, temiendo que el estilo inquieto del francés la obligara a la imprudencia. Pero Celia siguió tocando la pieza cuando estaba sola, soñando despierta con encontrar a Gustavo en la orilla de un río iluminado por la luna, y hacer el amor bajo los álamos vigilantes de Granada, el aire perfumado con jazmín, mirto y cítricos.

Cuando Gustavo terminó de tocar, ella le hizo señas para que se acostara. Se sentaron y se miraron de frente durante un largo rato.

—Pon tus manos sobre mí —dijo Celia—. Es la hora.

Y así, muy despacio, comenzaron a navegar su maraña de rígidas extremidades. Se dieron cuenta de que los años habían borrado misericordiosamente la mayor parte de las diferencias entre ellos, suavizando sus cuerpos hasta casi parecerse. Se acariciaron los dolores y molestias del otro, desde el músculo de la pantorrilla de Gustavo, la tortícolis en la parte baja de la columna de Celia, el talón de Aquiles que él se había cortado en prisión y el hombro bursítico de ella, hasta la cicatriz blanqueada donde su pecho solía estar. Despacio, se humedecieron lugares antes ocultos.

Cada vez que uno o el otro se disculpaban por su torpeza, inflexibilidad, inseguridad o fealdad ("¡No mires ahí!"), gritaban "¡VANITAS VANITATUM!". Gustavo inició ese juego con mucha alegría, y se retiró a la seguridad de los besos y mordiditas con los ojos cerrados.

Poco a poco, el recuerdo de sus cuerpos más jóvenes se acomodó en sus cuerpos mayores, más indulgentes. Hallaron armonía en sus carnes, en el escalofrío del deslizamiento pausado, entregándose a lo exquisito, a sus mutuas muestras de amor.

Cuando Celia sintió que se liberaba, buscó a ciegas entre los muslos de Gustavo, pero lo que encontró estaba tranquilo. Sin pena, él se excusó y resurgió del baño momentos después, orgullosamente listo.

Cuando los amantes quedaban atrapados en alguna posición incómoda que requería maniobras para deshacerla, se renovaban tomando jugo y poniendo pedacitos de mandarina por todos sus muslos. Fueron las mandarinas las que los transportaron a nuevas alturas de éxtasis. Se chuparon los gajos de sus labios, echaron chorros de jugo en la garganta del otro, arrastraron los trozos de mandarina a lo largo de sus muslos internos. No querían parar, pues no sabían si ese reino de la carne, ese cosmos de placeres, podría alguna vez volver a suceder.

Desafiando el tiempo, siguieron sus cuerpos hasta el éxtasis.

5

Ivanito Villaverde

Convertirse en La Lupe...

La Ivanita probó un cóctel cubano reimaginado que le trajo el cantinero: ron añejo, miel, agua con gas, jugo de limón fresco y una pizca de chile. ¡El trago era un golpe cegador! El ron lubricó sus pasos por el vestidor en sus tacones de aguja de seis pulgadas. Movimiento de cadera, movimiento de cadera, meneo de hombros, alto. El truco para interpretar a La Lupe residía en cronometrar bien sus raros momentos de pausa. Si se las arreglaba para acertar en esto, el espectáculo se incendiaría.

Puro fuego.

La Ivanita se paró frente al espejo dorado de cuerpo entero. Se veía como una diva impecable, deslumbrante. Vestía la réplica del mono dorado con cuello halter de La Lupe que había dejado boquiabierto a Dick Cavett. Tocó su imagen en el espejo con reverencia, luego comenzó a aplaudir al ritmo de la clave. La Lupe había crecido escuchando los ritmos regulares de cada rumba, conga, son y guaracha, en vivo o grabados, de su Santiago de Cuba natal. En esa ciudad de carnavales siempre sonaban los tambores.

La lluvia no había parado desde el mediodía, adornando los árboles, inundando las calles. Pero sus fans, muchos de ellos drag queens rivales, no fueron disuadidos. Las entradas para la apertura se habían agotado semanas atrás, al igual que la mayor parte de las destinadas a las funciones generales del mes de La Ivanita en Chez Schatzi. Los revendedores, había oído, estaban haciendo un buen negocio con la fila de aspirantes que esperaban para entrar. La Ivanita encendió una vela votiva y luego roció unas gotas de su cóctel de ron en el diminuto altar de santería. En el centro estaba la foto de su madre en la playa, en un marco de conchas.

El director de escena abrió la cortina de cuero y asintió. Era hora.

La Ivanita esperó entre los bastidores hasta que la multitud enloqueció, gritando su nombre, pateando como mil Lupes reunidas en el mismo lugar. Los reflectores giraron contra las paletas doradas del club. Tan pronto como pisó el proscenio, un ramo de rosas blancas de tallo largo aterrizó a sus pies. Otros ramos salieron volando a través de los reflectores: gardenias, lirios de fuego, tulipanes arcoíris, arrastrando cintas, esparciéndose por el escenario. "¡Alégranos, Reina!". "¡Te amamos!". "*Bitte*, ¡no seas cruel, *Göttin!*".

La impaciencia de la afición corría por sus venas, pero La Ivanita no movió un músculo. Estaba en su punto más poderoso, en el prolongado momento antes de la primera canción. Por una fracción de segundo todo pareció minúsculo, como si estuviera mirando en la dirección equivocada a través de binoculares. Luego, detalles selectos de la audiencia se hicieron nítidos: la palidez de un examante que se demoraba en el bar, una Dagmar sonriente, impecablemente peinada tras sus gafas de ojos de gato. Las lesbianas artísticas con sus característicos monóculos y pajaritas, una con un sabueso afgano, nunca se perdían un espectáculo.

Tantos rostros familiares bajo esos candelabros Bauhaus.

La Ivanita alzó los brazos para silenciar la afición. El silencio descendió. Los camareros dejaron de circular, el cantinero se congeló. Todos los ojos estaban puestos en ella, que brillaba más grande que la vida. Su familia le sonreía desde la tercera fila: Pilar, Irina, Tereza y el querido Azul (el único niño en la habitación), que estaba al borde de su asiento debido a la emoción, con su cabello recién peinado.

¿Quién sabía lo que sus cuerpos albergaban de amor, lo que cada uno abrazaba de la vida? Juntos iban descubriendo lo posible, el laberinto de un futuro común. La Ivanita nunca esperó eso y estaba muy agradecida. El amor entre ellos había comenzado con el reconocimiento mutuo, aunque desafiara la lógica, lleno de magía, anarquía, asombro y amargos enfrentamientos. Sin embargo, los primos habían conquistado lo inesperado y se habían convertido en familia.

En el escenario, el glamur y la muerte seguían siendo sinónimos. Solo existía ese instante que, como morir, duraba para siempre. Ni siquiera su madre podía ofrecerle eso. La Ivanita esperó a que el espíritu de la diva se apoderara de ella, de sus piernas, de su sexo, de su corazón, de su garganta raspada. Solo entonces abrió la boca para cantar, salvaje de alegría.

Soy dueña del universo
Dueña del palmar y del mar
Dueña del sol, dueña del cantar...

LA ÚLTIMA FOTO DE PILAR

Foto #7: 1993

Acabo de parir. Azul está en mis brazos, lleva un gorro de punto azul en la cabeza. Mi cara está hinchada, mis ojos inyectados en sangre, me dolía la mandíbula de tanto pujar. Estoy eufórica, aterrorizada, aliviada, locamente enamorada. Una enfermera toma esta foto a petición mía.

No hay foto de las 14 horas anteriores. Mi obstetra y el equipo de médicos estaban en contra de la epidural. Pero a medida que las contracciones se intensificaron, cual cartografía inexplorada del dolor, comencé a derrumbarme y a pedir medicamentos.

Por supuesto, no me los dieron. Cuando mis contracciones misteriosamente cesaron, el doctor me sacó más agonía con una intravenosa. Siento un peso profundo en mi matriz. ¿El nacimiento es más doloroso que la muerte?

Voy a tener un niño. Su nombre es Azul por cada tono de azul de Cuba. Es el único nombre que he considerado. Su padre japonés está a miles de kilómetros de distancia en Yokohama. Ha prometido permanecer allí. Mi madre se ofreció a volar a Los Ángeles para el nacimiento, pero le dije que solo "por encima de mi cadáver". Ella me reprochó (otra vez), recordándome lo grande que había sido al nacer: "¡Más de cuatro kilos pesaste, Pilar! ¡Eras un monstruo! ¡Casi me partes en dos!".

Aprieto los dientes mientras me atraviesan corrientes de dolor. Me concentro en desterrar a mamá de mi conciencia, la imagino alejándose, haciéndose más pequeña, insignificante, al punto en que se desvanece. Eso me pone en sincronía con mis contracciones salvajes. Quiero sentirme poderosa, invencible, en el corazón del universo. Pero no siento ninguna de esas cosas.

En el tramo final, empujo con todas mis fuerzas y me rompo una muela. Un colibrí brillante se cierne cerca de mi cara. Me pregunto si es abuela Celia, esperando ver a su primer bisnieto. Seguro son las drogas, pero ¿a quién le importa? Es la mejor alucinación de la historia. El colibrí se queda hasta que el dolor se desvanece y mi hijo, Azul Puente-Tanaka, sale a la luz.

Son las 5:17 a.m. Y así como así, soy madre.

Agradecimientos

Gratitud infinita a Ellen Levine, que ha defendido mi trabajo desde el primer día. Nadie me ha apoyado más. Estoy *aquí* porque tú siempre has estado *allí*.

Un enorme agradecimiento al magnífico Reagan Arthur, que me ayudó a que este libro fuera el mejor posible. Y a todo el equipo de genios de Knopf: Isabel Meyers, John Gall, Nicole Pedersen, Amy Edelman, Ellen Whitaker y Gabrielle Brooks.

Un agradecimiento especial a mis queridos lectores incondicionales, Alfredo Franco, Scott Brown y Alexis Gargagliano, por sus ideas, sugerencias y aliento.

Un aplauso para mis amigos y compañeros de viaje literarios: Chris Abani, Achy Obejas, Carolina de Robertis, Angie Cruz, Ana Menéndez, Bobby Antoni, la comunidad de Las Dos Brujas y muchos otros.

Mil gracias a mi hija, Pilar, y a mi esposo, Gary, por la abundancia de amor y alegría a lo largo del camino.

Elogios para *Mapas difusos*

"*Mapas difusos* es una hermosa novela: a veces, divertidísima, inquietante otras veces. Cristina García nos lleva a Cuba, Alemania, Rusia, España y Estados Unidos en esta increíble y explosiva historia, pero la topografía que mejor conoce es la del corazón humano. Me he devorado este libro; seguramente tú también lo harás".

—CHRIS BOHJALIAN, autor de *The Flight Attendant* y *The Lioness*

"Un retrato caleidoscópico y deslumbrante de la diáspora global: los lazos que unen, los vientos que dispersan y las pasiones que conectan y separan corazones. Esta novela es una lectura maravillosa: sexy y filosófica, cósmica e íntima, llena de humor, perspicacia y ternura".

—CAROLINA DE ROBERTIS, autora de *El presidente y la rana*

"¡He aquí una saga familiar digna de estos tiempos! Provocadora, llena de vida y compulsivamente entretenida, *Mapas difusos* mete a una familia cubana en la licuadora de la historia y la saca milagrosamente en una sola pieza. Un triunfo".

—GISH JEN, autora de *The Resisters*

"Nadie como Cristina García sabe construir una novela con tal gracia y elegancia; una hazaña del realismo mágico que es, a su vez, una representación hiperrealista de la diáspora cubana y además muy divertida. Esta saga familiar me atrapó de principio a fin. Inolvidable".

—JOANNA RAKOFF, autora de *My Salinger Year*